「無事、金属熊《メタルグリズリー》は倒しました」
岡《おか》本《もと》英《えい》介《すけ》
休日にダンジョンでキャンプをするのが趣味の社畜。冒険者としての実力はピカイチ。
<うぉぉぉぉぉぉぉぉ!>
<これはやばい>
<こんな倒し方するやつ初めて見た>
<メタル貫通芸w>
<みさきさんが5万円を投げ銭しました>
シバ
ダンジョン出身の犬神様。英介の亡き父親と付き合いがあり、現在は英介の相棒になった。

「いっただきまーす！　あちいっ、うまっ」
伊《い》波《なみ》音奏《めろでぃ》
自由奔放なギャル配信者。
モンスターに襲われているところを
英介に助けられてから、
よく一緒にキャンプするようになる。

音奏のプレートには
ガーリックライスに追いバター、
コロコロになったよく焼きのステーキが盛られ、
いわばサイコロステーキ丼である。
彼女は、はふはふしながら
サイコロステーキを頬張り
ガーリックライスをかきこんだ。
俺もドラゴンのステーキを一口。
あの見た目からは想像がつかない柔らかさ、
クセのないジューシーさと少し甘い脂。
ドラゴンの肉は高級和牛の霜降り肉に匹敵すると言われるだけある。

「一緒にいてくれないと
不安で寝られない……かも？
いっそのこと一緒に寝る？」

ダンジョンキャンパーの俺、
ギャル配信者を助けたらバズった上に
毎日ギャルが飯を食いにくる
小狐ミナト
［イラスト］nima

DUNGEON CAMPER
NO ORE, GAL HAISHINSHA
WO TASUKETARA BAZUTTA
UENI MAINICHI GAL GA
MESHI WO KUINIKURU

CONTENTS

[ILLUST.]
NIMA
&
[DESIGN]
AFTERGLOW

プロローグ

DUNGEON CAMPER NO ORE, GAL HAISHINSHA WO TASUKETARA BAZUTTA UENI MAINICHI GAL GA MESHI WO KUINIKURU

限界社畜の俺、岡本英介《おかもとえいすけ》にとって唯一の癒《いや》しはダンジョンの中でするキャンプだ。

ダンジョンは世界中に存在する。

俺の住む東京都足立区《あだちく》にもだ。ダンジョンにはそれぞれ難易度があってB級、A級といったふうにランクが存在する。政府は一般の冒険者の立ち入りを厳しく制限していて、冒険者ランクに応じたダンジョンにしか入ることは許されない。というのも、ダンジョンには危険なモンスターがウヨウヨ……俺には関係ないけど。なぜなら、

——大体のモンスターは狩ってキャンプ飯にしちまうからな！

俺が強すぎてほとんどのモンスターは逃げちまうからこうしてキャンプができるってわけだ。

「あ～、クソ上司にお花畑女ども、うぜ～んだよ」

今いるこのダンジョンはS級ダンジョン。ボスであるミノタウロスは最深層にいて、このダンジョンは入り口から上層・中層・下層・最深層の4段階に分かれている。ダンジョンの入り口はどれも地下への階段になっているが、中身はダンジョンごとに異なり、洞窟型・森林型・水中型など様々。いわば異空間のような形になっており、中ではそれぞれ生態系が作られている。

プシュッとビールをあけて、炭火焼きコカトリスLv.500の匂いだけでゴクゴクと流し込む。

親父《おやじ》は俺よりも強い冒険者だった。けれど、ダンジョンの中で死んだ。その後、未成年だった俺もパートしかしてなかった母ちゃんもかなり苦労させられた。あの時、俺は趣味以外でダンジョンに関わることはしないと心に誓った。大人になってから分かったのは「冒険者」という職業は信用がなくローンは組めないしカードだって作れないということ。だから俺はどんなに強くても、冒険者として生計を立てることはしないと決めている。だからこその社畜なのだ。しかし……。

「な〜んでゴミ上司に偉そうにされなきゃなんねぇんだっての」

コカトリスの焼き鳥を熱々のまま齧《かじ》って、ビールで流し込む。じめっとした洞窟タイプのダンジョンに俺の声が響く。

「ぷはぁっ……、まぁでも生きていくための給料をもらうために我慢……最終的には俺の方が奴《やっ》らより強いんだし。最悪、俺が殺せばあいつら死ぬんだし」

焼き鳥だけじゃなくてちょっと別のつまみも欲しくなってきたな。

俺は相棒の弓を手に取ると口笛を吹いた。

すると、テントの中で眠っていたであろう、可愛《かわい》いもふもふのトースト色が顔を出す。ピンと立った三角耳につぶらな黒い瞳。くるっと巻いたしっぽはふさふさ。ちょっと表情は生意気だ。

「追加のつまみを狩りに行くぞ、シバ」

「ったく……」

こいつはシバ。見た目はトースト色の柴犬《しばけん》だが、親父が俺に残した犬神《いぬがみ》というSSS級ランクのモンスターで、今は俺がテイム中である。

シバはくぁっとあくびをかますと、クンクンと鼻を鳴らして「こっちだな、ビーフジャーキーは」と唸《うな》った。俺はシバの丸くて可愛いケツを眺めながら彼の後ろを歩く。

「シバも好きだろ。ミノタウロスのビーフジャーキー」

「オレは蹄《ひづめ》の方が好き」

可愛い顔に似合わず渋い声。そのギャップも良《い》い。

「犬だな」

「犬だからな、基本は」

なんて会話しながらダンジョンを歩いていく。洞窟タイプのダンジョンの中、俺たちの気配を察知して、下層に生息するモンスターたちは姿を隠していく。

だから、あんまりスリルはないけど、休日キャンプにはちょうどいいか。もうたんまり食料は取ったし、無駄な殺生してもしょうがないし。

＊＊＊

「きゃーっ！」

俺たちが向かう先から女の悲鳴が響いてきた。この先は最深層。ダンジョンボスのいる場所だ。

他の冒険者か？　直後、ミノタウロスの咆哮《ほうこう》が轟《とどろ》く。しかも複数体……？

「シバ！」

「おうよっ」

シバはくるんと回ると俺が乗っても問題ないくらいの大きさに変化する。俺は彼にまたがって、ものすごいスピードで悲鳴の方へと向かった。

「ミノタウロスって基本単独行動だよな？」

「繁殖期はそうじゃない。番《つがい》で行動する。より凶暴になるし、よりうまいぞ英介」

じゅるり……とシバが余裕綽々《よゆうしゃくしゃく》で足を止めて舌なめずりをした。

そこには派手な金髪ポニーテールに可愛らしい衣装、手にはキラキラの魔法ステッキをもったギャルっぽい女の子が足を怪我《けが》して倒れ込んでいた。そこに追撃をしようとするミノタウロス。真っ赤に膨れ上がった体、ツノの先がピンク色なところを見るとメスの個体だ。

「助けて～！」

俺は弓に特注の矢をつがえて引き絞った。そのままミノタウロスが斧《おの》を振り下ろす直前に矢を放つ。

「ぐっっ⁉」

ミノタウロスは一瞬にして爆発矢《ばくはつや》の餌食となった。首から上が吹っ飛び、悲鳴も上げられないままドテンと倒れ込んだ。

「英介！　後ろだ！」

シバの声に合わせて俺は振り返ってもう一発、至近距離に近づいていたオスの個体に高速で矢を放った。オスのツノは矢の素材になるのでこちらは爆発矢ではなく毒矢を。オスは食ってもしょうがないしな。俺の一撃でオスの個体もあっけなく絶命した。

「さて、さばくか」

「オレの蹄もな。全部保管しろよ」

「はいはい」

そういうとシバは元の小さい柴犬の姿に戻って少し距離を取ると丸くなった。ほろよいにしては効率良く倒せたな。うまいジャーキーも食えそうだし。ラッキーだ。

「あ、あの……ありがとう」

さっき倒れていたギャルの子が俺に近寄ってくるとにっこりと微笑《ほほえ》んだ。

「あぁ、気にしないでください。俺は通りすがりで……えっと怪我は大丈夫？」

「はい、なんとか。あの、お名前を聞いても？」

「すんません。岡本英介って言います」

こんな笑顔を向けられるのは久しぶりだな。いや、生まれてこの方、女子からにっこりされたことなんかなかったな。

「あっ、やばい。カメラ。あっよかった無事だ」

女の子は端っこの方に転がっていたビデオカメラを抱き上げるとにっこりと笑った。彼女はカメラに向かって「無事だよ〜」と手を振った。そのまま俺の方に振り返り言った。

「私、伊波音奏《いなみめろでぃ》っていいます。ダンジョン配信者をしてます」

＊＊＊

「え～、あれSS級のモンスターだったの⁉」

　ダンジョン配信者の伊波音奏は俺のキャンプ用の椅子に腰掛けて、コカトリスの炭火焼きを食いながら言った。

　ダンジョン配信者とは、ネット上でダンジョン攻略の生配信をする人たちのことだ。主に若い世代が観《み》るものだし、俺はまったく興味がないので知らなかったが、彼女はそこそこ人気の配信者らしい。

「そう、繁殖期のミノタウロスは凶暴になるしオスを従えるからね」

「へぇ～、お兄さん物知りなんだね」

　シバからの受け売りだが、ダンジョン攻略を配信するならそのくらいは知っておくべきだろう。死ぬところだったんだぞ。なんて、可愛い女の子に言えるわけもなく……。

「ってかすごく強いよね、どうやってそんなに強くなれるの？」

「うーん、鍛えて何度もモンスターと戦ってるから……かな？」

　俺の説明にシバが補足する。

「こいつ、親父も強い冒険者だったんだぜ。あとはモンスターの肉を食ってるから多分普通の人間よりも強くなってるんじゃないか？　なぁ、英介」

「どうかな、サイコロステーキ食べる？」

「食べる〜！　お兄さんは何者なの？　めちゃ強かったじゃん」

彼女は目をキラキラさせて俺からミノタウロスのサイコロステーキを受け取ると、白飯の上に豪快にのっける。このギャル、食いっぷりがいいな。

「俺はしがないキャンパーだよ」

「キャンパー？」

サイコロステーキを頬張りながら首を傾《かし》げる伊波音奏はなんというか、さすがは配信者と言うべきか。可愛い。魔法少女風の服もなんだかエッチに見えてくる。

「そう、見ての通りダンジョンの中でキャンプをするからキャンパー。で、そこで蹄を翻ってるのが俺の相棒のシバ。見た目は柴犬、中身は犬神だ。俺がテイムしてる」

シバが彼女の方を一瞬見ると、ぱちっと瞬《まばた》きをした。これをやると大抵の女子供はメロメロになる。シバはそれを知っているのだ。

「可愛い〜！　いいなぁ、私もテイムしたーい」

「このダンジョンにいるってことは君も強いんだろう？　テイムできるモンスターがいるところに行ってみるとか？」

彼女はごっくんと水を飲み込んでから俺に、

「確かに〜。探してみよっかな。ってか音奏でいいよ。気に入ってるんだぁ、この名前。かわいいっしょ」

絶対に親もギャルだな。キラキラした名前にピッタリの美人ギャル、しかもそこそこ強い。天は二物を与えないなんて嘘《うそ》ってわけだ。ちなみに、目の前にいるこの子は三物は持っている。

可愛い顔、可愛い名前、大きな胸……。

「食い終わったら出口まで送るよ」

「え〜、私も泊まりたいっ！」

「だーめ。俺はソロキャンプが好きなんだ。それに、君は未成年だろ。俺、会社をクビになりたくないんだよ」

鉄板でとろとろにしたチーズを、持ってきていた焼きそばにトッピングする。スーパーで150円で買ったこの焼きそばがここでは立派な締めになるのである。

当たり前のように半分を音奏に渡し、上のチーズだけをシバにも分けた。

「へぇ〜、こんだけ強いなら冒険者や配信者としてもやっていけるのに、会社で働くってことはすごく楽しいの？　その会社」

「いいや、嫌味な上司に馬鹿にされ、俺をキモがる女たちにヒソヒソされて、客先に頭下げに行く毎日だよ」

音奏はずるずるもちもちとチーズ焼きそばを食いながら不思議そうな顔をした。

そうだよな、不思議だよな。

でもさ、大人ってこういうもんなんだよ。嫌なこととして金もらって、雀《すずめ》の涙ほどの自由なお金でストレス発散。正社員だからまぁ会社が倒産しない限りは安定してる。

それに、冒険者だった親父の死を経験した俺はやっぱり冒険者をやろうとは絶対に思わない。

「そっか、お兄さんはこの辺の人？」

「あ〜、まぁ都内だよ。足立区」

「え、まじ？　私も足立区。もうウチらマブじゃん」

「偶然だね」

「ね？　じゃー、ウチら友達ね」

なんか、やっぱりコミュ力の高い人ってすごいな。こうやって友達を増やしていくんだろうな。

「いやいや、流石《さすが》に未成年とは……」

「あとね、私未成年じゃないよ？　20歳。だからお泊まりしてもいいんだけど……だめ？」

この手の女の子が自称する年齢は信じてはいけない。これは全国の男子共通の知識だ。

「だめ。さぁ、出口まで送るから家までちゃんと帰るように」

「はーい、じゃあさ。お兄さん、お友達になろうよ。私も1人で配信するの寂しいし、お兄さんがキャンプしに行くとき呼んで？　いいでしょ？」

というが早いか、音奏はスマホを取り出して「早く」と促してくる。まぁ、交換だけしておくか、誘うかどうかは別として……。

「はいはい」

「よっしゃ！　って……大変！　お兄さん、スマホ！　見て！」

俺はそう言われてスマホのスリープを切る。

「何？」

音奏は目をまんまるにしてスマホをタップしまくる。

「お兄さん、オカモトエイスケって名前だよね？」

「そうだけど……」

「お兄さん、ツエッターってやってる？」

「やってるけど……」

音奏は焦ったような嬉《うれ》しそうな顔でぴょんぴょんと飛び跳ねて俺を急《せ》かす。

俺はスマホのアイコンをタップしてSNSを開く。

「変わりないけど、どうしたんだ？」

「トレンド！」

音奏はパッと俺のスマホを奪うとパチパチと画面をタップし、こちらへ寄越す。

〈日本のトレンド〉

1位　オカモトエイスケ　30000以上のツエート
2位　オカモトさん
3位　謎の冒険者
4位　でかい柴犬
5位　伊波音奏
6位　SS級　瞬殺

7位　救世主
8位　オカモトエイスケ　何者
トレンド欄にはツエッター上でその時間帯にもっとも検索されているワードが表示される。ずらっと並んでいるのは俺の名前だった。

俺は初めてのことにドッキドキしながら一番上の「オカモトエイスケ」をタップしてみる。

〈めろちゃん助けたお兄さん、オカモトエイスケっていうの？　配信者？〉

〈SS級瞬殺で、でかい柴犬に乗ってるとか主人公すぎるぜ〉

〈オカモトエイスケって人カッコ良すぎて死ぬ〉

〈オカモトエイスケすこ〉

そこには俺があのミノタウロスを倒した時の動画や、俺の顔をズームした写真、それからいろいろな妄想や憶測がずらっと並んでいた。

ページを更新すればするほど俺の名前はツエートされ続け、どんどんと俺の名前が拡散されていく……。

「お兄さん、超バズってる！　やばば！　やっぱあのモンスター強いやつだったんだよ！　すごいじゃん！」

俺は頭が混乱しつつも、ほんの僅か心の奥底で承認欲求が満たされていく心地よさを感じていた。

会社では虐げられている俺が……日本中の人からすごいと認められている。その事実は俺の優越感を満たし、焦りを少しずつ消していく。

「ってことで～、はーい！　こんにちは、メロディーでーす！」

　音奏はニッコニコでスマホに向かって話し出す。

「今、私を助けてくれた救世主のお兄さん！　岡本くんとキャンプしてまーす！　イェーイ♪」

　音奏はキャンプ中の焚き火《たび》や飯を撮影してから俺の方に近寄ると、肩を組んで俺を画角に入れる。

　スマホの画面を見るとライブ配信されているようで微妙な俺とカメラ写り抜群の音奏が映し出されている。

「岡本くん、自己紹介して～」

「えっ、岡本……英介です。えっと、ダンジョンでキャンプするのが趣味です」

「そう、岡本くんはたまたまキャンプしてたキャンパーさんだよ！　私の命の恩人！　みんなもありがとう言ってね～！　あっ、チャリンサンキュー」

　画面には大きく金額とコメントが映し出される。チャリンというのはいわゆる投げ銭というやつだ。

「やば～、みんな岡本くんのことすごいって褒めてる！　そりゃそうだよね～、弓矢でバーン！　瞬殺！　カッコよかったよね～」

　あんまり褒められるとこそばゆいな。

　スマホを見ながら自分が映っていることが恥ずかしくなってきた俺は、足元にいたシバを抱き上げた。

　シバはミノタウロスの蹄を前足で抱いたまま、状態を理解しているようで円《つぶら》な瞳をカメラに向ける。

その途端、スマホの画面上にチャリンが大量に表示された。

〈イッヌかわいい〉

〈これはもふもふ〉

〈シバケツ見せてくれ〉

〈オカモトエイスケ最強じゃん〉

シバの尻尾がぶんぶんと嬉しそうに揺れ、俺の腹に当たってくすぐったい。こいつ……齢《よわい》数百のクソジジイのくせに可愛こぶりやがって！

「みんな岡本くんにお礼は言えたかな〜？　じゃあ、次の配信までまたね〜」

とてもライトに配信を終えると音奏は「ありがと、めっちゃ稼げちゃった」とウインクした。

俺が見ていただけでも数十万は投げ銭があった、俺の月給以上……すごい世界だ。

「じゃあ、送るよ」

「うん、ありがとう。ねぇ、連絡していい？」

「いいけど……平日はやめてくれよ。仕事してるし、土日ならまぁいいかも」

「おっけ〜」

俺はご満悦で蹄にかぶりついているシバを番犬に残して音奏をダンジョンの出口まで送った。

1章　俺、ギャルと出会う

月曜日。

それは、平日に働く社会人にとって一番嫌いな日だ。仕事が大好きで充実しているやつは知らんけど。

「まだトレンド入ってるな……」

俺がギャルダンジョン配信者・伊《い》波《なみ》音奏《めろでぃ》のせいでトレンド入りしてから2日。ツエッター上では俺の話題がまだ取り上げられていた。

そういえば、あの後すぐに音奏から、

〈銀のカップもらえちゃうかも！〉

とメッセージがきていたっけ。金のカップとは動画配信サイトのチャンネル登録者数が50万人を超えると与えられるトロフィー的なものだ。確か、５００万でプラチナ、１０００万でダイヤだっけ。

たしか、10万人でもやりようによっては1ヵ月でサラリーマンの年収を超えるくらいの稼ぎが手に入るらしい。

なんかやっぱり住む世界が違うって感じだ。

「さて、シバ。行ってくるわ」

「おうよ」

犬用ベッドの方から渋い声が返ってくる。シバはいいよな、毎日のんびりできて。とはいえ、俺は音奏のような配信者になる気もしないし、こうして毎日働いて普通の人間の暮らしをするしかないのだ。

＊＊＊

「おはようございます」

と声をかけても挨拶を返してくる人間はいない。

なぜなら俺が一番早い出社だからだ。

この会社で一番下っ端の俺は毎朝30分前にきて職場や給湯室の掃除をすることを強制されている。

俺のようなFラン大学卒が正社員としてそこそこの会社に入れただけでも御の字なのだ。このくらいの雑用を断って自己都合退職に追いやられるなら雑用した方がまし。

サービス早出社だから給料は出ないけど。

俺がせっせとデスクを拭いたり、給湯室の掃除をしていたりすると、パラパラと社員たちが出社してくる。

「おはようございます」

俺は振り返ってもう1人にも声をかける。

「おはようございます」

俺はまるでロボットのように挨拶をし、定時10分前になるとデスクについてPCのスイッチを入れた。

古いOSだからか起動が遅い。溜《た》まっている営業メール。客先からの無茶な注文。

定時と共に鳴り響く電話。オフィスの電話はある時間からつながる仕組みになっているのだ。新入社員の時そう教えられて「テクノロジーってすげぇ」と感動したっけ。

「岡本《おかもと》さん、お客様からお電話です。内線2番」

「はい」

さっき俺を無視していた事務の女性が冷めた声で言った。仕事だけはしっかりしてくれることに感謝をしなければならない。

俺は早速、担当させられている地雷取引先からの電話対応に追われる。30分くらい先方の担当者の愚痴に付き合わされる。

ここはコールセンターか。

そんなこんなをしているとパワハラ部長・武藤《むとう》が遅れて出社する。武藤は50代のくそジジイで、なんと社長の縁故で入社をした経歴を持っている。

社長の縁故ということもあって会社ではやりたい放題、彼に逆らう人間もいない。

若い女には甘いこの武藤の最近の標的は俺だ。俺の前に標的にされていた30代の女性は鬱になってやめたっけ。

武藤は電話対応をする俺をぎろりと睨《にら》むとドカンと椅子に座って何やら作業を始めた。

大丈夫、大丈夫。

俺はコイツより強い。

いざとなったら数秒でコイツを殺せるんだし。金のためにバカの相手をしてやってるだけなんだから。

「ありがとうございました。またよろしくお願いします」

俺が受話器を置くと、武藤はこちらに寄ってきてバンッと俺のデスクを叩《たた》いた。

「おい、岡本！　お前は成績最下位なのになにのんびり電話なんかしてんだ！　さっさと契約取ってこい！」

「す、すみません。でもお客様が……」

「でももへったくれもあるか！　契約取れるまで座れると思うなよ！」

ぎゃんぎゃんと怒鳴る武藤。他の社員はまるで俺たち2人がいないみたいに業務を続けている。

「すみません、すみません」

俺は急いでバッグを取ると逃げるようにオフィスを出た。武藤に気に入られている若い女の派遣社員たちが俺を見てクスクスと笑っていた。

――お前らも30過ぎた途端に武藤にいじめられるんだ。せいぜい今を楽しんどけクズが……。

トレンド1位になっても、会社では甘い汁を吸えなかったな。

まぁ、あの時画面に映っていた俺は会社にいる時のド陰キャな俺じゃないからか、誰も気が付かなかったんだろうな。

多分、同姓同名だくらいには思ったのかな？　いや、俺のフルネームを覚えているやつなんかあの会社にはいないか。

オフィスを出ると、俺はすぐにスマホで地図を開く。営業に行った先の名刺がないと武藤にキレられるので数件は突撃営業をするのだ。

なんて考えていたら、腹が鳴った。朝早くの出勤だ。仕方がない。

とりあえず、昼めしでも食べるか。牛丼屋かファミレスでいいや。安いし早いし。

「あれ？　お兄さん！」

俺が繁華街へと向かって公園を横切っていると、明るい声が聞こえ、向こうのほうで黒い帽子を被《かぶ》っている女が手を振っているのが見えた。

俺がメガネをずらしてよーく見ると女は嬉《うれ》しそうに駆け寄ってくる。やけに派手な髪色の女だ。

詐欺か？　美人局《つつもたせ》か？

「お兄さん！　私私！」

伊波音奏だった。そうか、同じ足立区《あだちく》在住だったな。そういえば。

「こんなところで何してるの？　仕事？」

「あ～うん。外回り前に昼でも食べようかと」

「ひとりで？　会社の人は？」

「会社じゃ俺は嫌われてるからさ」

「何それ、酷っ。わかった。私が相談に乗ってあげる」

「ははは」

苦笑いする俺を音奏は心配そうに見つめていた。

「よし、今日は私の奢《おご》り！　いこっ！」

ギャルは強引である。

俺は可否も聞かれぬまま彼女に手を引かれてしばらく街の中を歩き、なんだか高そうな店に連れ込まれた。

そこは高級中華の店だった。明らかに高級だとわかる店の入り口、レジ近くには5万円もするお土産のメニューが並んでいる。

なんて思いつつ、でかい個室に案内されて俺と音奏はそれぞれランチのコース料理を頼んだ。

とんでもない値段だったが、彼女が奢ってくれるらしい。

「トレンド1位様がどうして職場で嫌われてるわけ？　嫉妬？」

「そもそも、会社の連中は俺がトレンドに乗ってる岡本英介《えいすけ》だって気が付いてないからな」

音奏は俺を下から上まで舐《な》めるように見ると「確かに」とつまらなそうに言った。職場での俺は陰キャも陰キャ。メガネをかけて前髪を下ろし、自信なさげに背中を丸めている。スーツもピッタりしたものではなく少し大きなサイズを着て筋肉が見えないように。

営業として最低限の清潔感があるくらいだ。彼女が俺に気がついたことが疑問なくらいには別人である。

一方、ダンジョンでキャンプする時は戦いの邪魔になる前髪をオールバックにして、メガネではなくコンタクトに。服装もピタッとしたTシャツと機能性の高いダンジョン用スラックスを身につけている。

あとは単純に目がイキイキしているはずだ。職場と違って。

「で、いじめられてんの？」

運ばれてきたスープを飲みながら彼女は一方的に質問してくる。これは相談というより尋問だな。

「いじめというか、パワハラ部長の標的になっているというか……」

俺は言い終えるとスープを一口。フカヒレがたっぷり入っている口溶けなめらかなそれは、脳がとろけそうなほどうまい。なんの出汁《だし》を使ってるんだ？　なんだろう、金持ちになった気分だ。

「へぇ、そいつってなんで偉そうなの？」

「偉そうっていうか事実偉いんだけど……。社長のコネで入ってきた人でさ。その人を怒る人っていないいんだよ。だから、気に食わない部下をいじめるのが生きがい的な」

「うわ～、ゴミじゃん！　ゴブリン以下！　でどんな感じなの？」

「今日も、契約取れるまで帰ってくるな！　とか、机を叩いたりとか怒鳴ったりとか……そいつの命令でさ、俺だけ毎日朝早く出社して掃除とか」

運ばれてきたメインのチンジャオロースやら麻婆豆腐《マーボーどうふ》やらを食べながら、俺は日々のパワハラについて語った。

なんか、人に話すことは避けていたけどこうして聞いてもらうと少し気が楽になる。あと、飯が死ぬほどうまい。もうレトルト中華に戻れない体になっちゃうかもしれない。

「まじ？　ってかそれってパワハラじゃん。どっかに訴えようよ」

「訴えても相手にしてもらえないよ。ほら、世の中は、社員が過労自殺して報道されても会社はそのままだろ？　だから、あいつらが飽きるのを待つか俺がやめるかしかない……」

「あいつら？」

「俺、職場の女子にも嫌われててさ……」

「ねぇ、その職場最低じゃん。やめなよ」

「簡単にやめられないよ。次の職場が正社員で見つかる保証なんてないし、少なくともパワハラ部長が定年するまでのあと10年くらいを我慢すれば……」

俺の弱気な発言に、音奏がバンッと机を叩いた。その勢いで食器がかちゃかちゃと音を立てる。

「あのさ、おかしいよそれ。なんで意地悪してる人たちが得して岡本くんが損するの？　真面目に働いてて命令も聞いてるのになんで？」

俺が小籠包《ショーロンポー》を食っているところを見ながら彼女は憤慨した。

確かに、理屈で言えば彼女の言う通りだ。だが、現実の社会では、俺みたいなことが当たり前だしもっと辛《つら》い思いをしている人だっている。俺はまだマシな方だろう。

「まぁそうだけど、社会ってのはそういうもんだから。学生時代に勉強頑張ってホワイト企業に入らなかった俺が悪い」

納得いかない顔で彼女は肉まんを摑《つか》んで頰張った。

俺としては、トレンド1位になってこんなに可愛《かわい》い子と一緒に、しかも彼女の奢りで高級中華を食べられるんだ。それだけで人生得したようなもんだろう。

「ここ、うまいな」

「でしょ～？　足立区にある穴場中華！　よく来るんだぁ～。ほら、私、料理するの好きじゃなくてさ。だいたい外食」

「配信者様はいいなぁ、稼ぎが良くて」

「へへへ、まぁまぁだよ。でも岡本くんのおかげで来月はやばそう！　だから奢り！」

「ごちそうさんです」

音奏はムンッと胸を張るとドヤ顔で何度か頷《うなず》いた。露出度が高いせいで目のやり場に困る。

「ねぇ、岡本くんってキャンプ好き？」

「好きだよ。とくに自分で狩りして自分で料理して食べたりするのがさ」

「うんうん、キャンプしてる時……岡本くんは幸せ？」

「そうだなぁ。毎日職場で辛い思いしてるからストレス発散もできるし、ソロキャンプだと静かに過ごせるから幸せだな」

「そっか。じゃあ、やっぱりさ。会社やめよう」

彼女はパンッと手を叩いて嗚らすと満足げに何度か頷いた。

「は？　会社やめたら生きていけないって……」

というのも、俺は冒険者として生計を立てたくないという明確な理由が存在するのだ。それをここでまだ2度しか会っていない子に打ち明けるべきか……いや、一旦黙っておこう。

奢ってもらった恩もあるし、頭ごなしに否定せずに彼女の意見を最後まで聞いてみよう。

「ううん。大丈夫。岡本くんなら配信者になれるよ。多分、私なんかよりずっと稼げると思う。それに……」

「それに？」

「岡本くんはトレンド1位になれるすごい人間なんだよ。無能でバカみたいな奴《やつ》らにいじめられてる時間の方が楽しい時間よりも長いなんて絶対におかしい。それに、もっと楽しく稼げることした方がいいよ」

「でも……」

「私が保証するよ！　それに、岡本くんには私がいるじゃん」

「なんだよ、俺の代わりに働いてくれるのか？」

「うん、それも考えるよ。だって岡本くんは私の命の恩人なわけだし？」

「マジで言ってる？」

「おおマジだよ。会社、やめちゃおう」

前の俺なら「何バカなことを」と言い返していたかもしれない。

けれど、バズってしまった今は、チャンスなんじゃないだろうか。辛い毎日を楽しいキャンプ生活にできたら……。

俺の中でヒシヒシと色々な欲が溜まっていくのがわかった。と同時に、今まで俺を無下に扱ってきた奴らに正当な報復をしてやりたい気持ちもだ。

「いい顔になってきたじゃん、岡本くん。会社の奴らをサクッとぶっ飛ばして一緒に配信者やろうよ」

と彼女はテーブルにあったベルを鳴らし、店員を呼ぶとこう言った。

「生ビール２杯！」

＊＊＊

音奏と別れたあと、俺はいくつか突撃営業をしてから会社へと戻った。

「戻りました」

シーン。

パワハラの標的になっているからか、俺が陰キャできもいからか誰も挨拶は返してくれなかった。

「契約は取ってきたんだろうなぁ⁉」

武藤は俺を見るなり怒鳴り始める。いつもなら嫌な気持ちになっていたが今日は違う。

——もっと、もっと俺を罵ってくれ‼

「いえ、その……取れなくて」

俺はいつも以上におどおどと目線を揺らし、内股で怖がって見せた。

「なーにやってんだ！」

今日一の怒鳴り声とゴミ箱を蹴る音。俺はわざとびくついて、さらに武藤を苛立《いらだ》たせる。

「お前みたいなお荷物がいるからみんなの給料が上がんないんだぞ？　あぁ？」

「で、でもっ」

でもという言葉は武藤が一番嫌いな言葉である。

「でもへったくれもねぇ！　さっさと売り上げを！　立てろ！」

その後も罵倒につぐ罵倒。

散々俺を罵ったあと、美人秘書に「会議ですよ」と言われて彼は去っていった。俺は落ち込むフリをしながら席に着く。

俺の胸ポケットにはＩＣレコーダー。

ネクタイピンは隠しカメラ。

＊＊＊数時間前＊＊＊

「ぷはぁ～！　高級中華とビール、最高っしょ！　あれ？　あれ？　岡本く～んのグラスがいっぱいだ！　さぁ飲んで飲んでわっしょい♪」

ご機嫌な音奏のコールに煽《あお》られながら俺はビールをぐびぐびと飲んだ。酒には強いのでこのくらいなら問題ないし、すごく楽しい。

ギャルってすごいな、俺たち出会って数日だぞ？

「んで、会社をタダで辞めるんじゃあ勿体無《もったいな》いよね」

「確かに、すぐに配信者になるって言っても俺の給料じゃ機材とか買えないし……」

「お金なら私が出すから大丈夫。そうじゃなくて～」

音奏は悪い顔でニヤリと笑う。

「そうじゃなくて、なんだよ……」

「パワハラ部長と岡本くんを馬鹿にする女どもにやり返しちゃおう！　ってこと」

「やり返すって、ダンジョンにひきずり込んでぶん殴ってダストゴブリンの餌にするとか？」

「それは最高だけど死なれちゃつまんないじゃん？　やっぱ、パワハラ部長には鼻水垂らしながら謝らせて社会的に殺して……女どもには岡本くんが超ハイスペックだってバラして、悔しがらせた上で社会的に殺そ♪」

結果社会的にヤるんすね。姉さんさすがっす。

「まぁ、そうなったらスッキリするけどさ。音奏はどうしてそこまで？」

俺の質問にまるで愚問だと表情で答えた彼女は、

「だって、岡本くんがいなかったら私今ここにいないんだよ？　わかる？　命の恩人なの。だからね、岡本くんをいじめる奴は私が許さないの」

「確かに命の恩人って言われたらそうかも……」

彼女は少し黙ってから、俺の方をじっと見つめて言った。

「こんなこと考える女の子……岡本くんは嫌い？」

さすがは美人配信者。あまりの破壊力に圧倒されつつも俺は首を横に振った。

「じゃ、早速だけど。お店出たらアキバに行って隠しカメラとＩＣレコーダー買うよ！」

＊＊＊

「すみません、来客の予定表を見せていただけますか？」

俺は普段はチャットで済ませるのにわざと受付のクスクス女たちに声をかける。

「……」

安定のシカト。俺の声が聞こえているはずなのに全く反応しない。それどころか２人でおしゃべりを始めてしまった。

「あの、すみません。来客の……」

「なんか聞こえる？」

「ううん、聞こえない。部長が嫌いなユーレーでもいるんじゃない？」

２人はクスクスと笑うと俺の方を見て拝むようなそぶりを見せた。はい、証拠ゲット。

「後でチャットします」

「……」

俺を無視してネイルをいじっている女たちに頭を下げるとトボトボとデスクに向かう。

チャットやメールでも様々な人格否定や嫌味、罵詈雑言《ばりぞうごん》や、他の社員が俺を「幽霊」と呼んでいる場面などがあったためスクリーンショットしていく。

そして、一番重要なのが今年の査定で人事から通達された「減給」だ。おそらくあの武藤が不当に評価を下げたんだろう。

これも立派な証拠になるんじゃないか？

あとは、ここ数年行っていた朝のサービス出社、サービス残業の勤務実態を資料にまとめて……。

「おい！　岡本！　会議室が汚れてたぞ！」

武藤が会議を終えて帰ってくる。

——そうだ、いいぞ……もっともっと俺にパワハラをするんだ!!

こうして、音奏の提案によりストレスフルだった俺の平日が希望に満ちた日々に早変わりしたのだった。

＊＊＊

まだ半日なのにたんまりと溜まった証拠をほくほく顔で持ち帰り、スーパーで買い出しをしてから俺はアパートの階段をあがった。

木造築50年のオンボロアパート2階の角部屋。新卒の時に借りたこの部屋だが、なんだかボロい住み心地が良くて住み続けている。

階段を上がりきるとボロい廊下に出て、突き当たりが俺の部屋だが、そのドアの前に人らしき影がうずくまっていた。

酔っ払いか？

隣のお姉さんが結構酒好きで、たまーに潰れてることがあるのでまたかとため息をつく。お隣さんからいつセクハラと言われるか怖いんだよなぁ。介抱するのもビクビクだ。

「あの～」

俺が声をかけるとしゃがんでいた人影は勢いよく立ち上がった。

「よっ！」

「音奏？」

「来ちゃったっ」

てへっ、と舌を出して可愛い顔をすると彼女は遅かったじゃーん。とまるで恋人のように俺に言った。ラフなTシャツにショートパンツ、もちろん生足で高いヒールの靴。

バッグはどでかいリュック。一体何が入ってるんだか。

「えっと、何してんだ？　人の家の前で」

「何って、待ってたんだよね。岡本くんのこと」

「なんで、ってか俺の家、どうして」

色々混乱しつつも鍵を取り出した俺はドアを開ける。彼女はすぐに俺の部屋に上がり込み、ハイヒールパンプスを脱いだ。

「探偵雇って特定した！　へへーん、参ったか！」

なんてドヤ顔で、なぜか駆け寄ってきたシバを抱き上げて笑う彼女に俺は何も言えなかった。男の部屋に抵抗なく上がるギャル、俺は確かに彼女の命の恩人だが無防備すぎるような……？

「ってのは半分冗談で〜、今日証拠の音声とか動画とか録れた？」

「あぁ、録れた。たんまりな」

「よし、じゃあ私が教えたげるから編集しよっか」

「編集？」

彼女はそう言うと、でかいリュックの中からスペックのエグそうなノートＰＣと機材を取り出した。

「机借りていい？」

「どーぞ、言わなくても借りるんだろ」

「わかってるじゃん。カメラとＩＣレコーダー貸して」

「カバンの中に入ってる」

「英介、メシ」

シバが不機嫌そうにぶんぶんと尻尾を振る。

「わかったわかった」

要求の多い奴らだ。俺はまず、シバの飯作りから始める。冷蔵庫にストックしてある牛肉を30グラムにドッグフード。食い過ぎだろ、まじで。

「シバー」

「英介、はやく！」

「はいはい」

俺が床に餌を入れた皿を置くとシバはがっついた。リビングでは音奏がなにやらPCをいじっている。どんだけリラックスしてやがんだ。ほぼ初対面の男の部屋だぞコラ。

「岡本く〜ん、私もご飯〜」

「金ねぇから出前とか取れないぞ」

「今日は何食べる予定だったの？」

「もやし焼きうどん」

「それがいい」

「えぇ……昼に高級中華食ってた女の子に食わせるようなもんじゃ……」

「え〜、お金払うから作ってよ〜。もやし焼きうどん！」

犬神《いぬがみ》様の餌より原価の安い料理ですよお嬢さん……。

そうまで言われちゃしかたないと、俺はストック用に買ったもやし2パックとレンチンうどんも2玉用意する。うどんをレンチンしつつ、もやしは胡麻油《ごまあぶら》でさっと炒《いた》めたら一旦皿へ引き上げておく。フライパンの水分を拭き取ってアツアツのところに焼き肉のタレをジュッとふたまわし。

軽くこがしたらそこへうどんともやしを投入。中華スープの素や塩胡椒《こしょう》で味を整えたら……完成！　社畜男の貧乏飯！

瞬く間に部屋中を焼き肉のタレのいい香りが広がって俺の腹がぐぅと鳴った。

「できたぞ～」

「やった！　じゃあ食べながら作戦会議しよっ！　わぁ～うまそ～。箸かして？　ほかほかだ～！」

純粋に喜んでいる様子の音奏に俺はなんだか嬉しくなった。こんなことで、女の子に喜んでもらえるなんて……。

「いっただきま～す！」

高級中華の時と変わらない笑顔で音奏は焼きうどんを啜《すす》りだした。

＊＊＊

「よーし、こんな感じで証拠の動画は編集できたねっと。じゃあ、これをコピーして……はい！こっちは岡本くんのね！」

もやし焼きうどんをおかわりした後、音奏は俺に動画編集の説明をしながら、証拠となる音声や動画を切ったり貼ったりしていた。

動画編集の様子を見るにこれは凝り出したらキリがない……そんな感じがする。じっくり1人の時間を楽しむキャンパーの俺には向いていそうだと思った。

「俺のって、これをどうすんだ?」

「まずは、こっちの短い動画の方はネットに晒《さら》す!」

「え? それやばくね?」

「私ね〜、週刊誌の記者してる友達がいてさ〜。こーゆー刺激的な動画求められてるんだよねえ」

「どんな人脈だよ!」

「その子とはクラブで出会った」

「週刊誌の記者ってクラブにいんの?」

「うん、芸能人とかインフルエンサーとか追っかけてると大体クラブに行き着くらしいよ。美人記者だし今度会わせたげよっか〜」

音奏はニヤニヤと笑うと俺の肩をつんつんと突いた。この野郎、俺がモテないからって馬鹿にしやがったな……。

「晒したところでどうするんだ?」

「晒されたら勝手に特定されて勝手に人生詰む。まぁ、それはこっちの仕事で……岡本くんはこの証拠を持って弁護士事務所に行ってみて!」

彼女が財布から取り出した名刺には「美浜《みはま》弁護士事務所」と書かれていた。なんだかお堅い感じのフォントの名刺で見るだけで緊張する。

「おい、これもまさか……」

「クラブで知り合った」

——クラブってどんなとこなの⁉

俺は心の中で盛大にツッコミを入れながら、受け取った名刺をまじまじと見る。確かに、警察に行くにしても労基署に行くにしても、素人が行くだけじゃ面倒くさがられて対応してくれないとよく聞く。

だが、弁護士同伴でしっかり書類を準備していくと被害届なんかもトントン進むとか……。

「今までのパワハラの慰謝料に、もらってない残業代の申請、それから謝罪だな。これであのクソ上司は社会的にも金銭的にもプライド的にもバッキバキにできそうだな。もちろん、受付の子たちもただではすまないだろう。こういう時の可愛い子はネットでおもちゃにされて一生デジタルタトゥーが残ることになる……ってとこか」

クビになって、最悪会社から損害賠償の訴訟をされた上に顔と名前がネット上にばら撒《ま》かれたら二度とまともな職にはつけないだろう。

さらに武藤に関して言えば、俺は全く折れる気はないので刑事訴訟でもなんでもやってやる。

「おっ、いい顔になってきたじゃーん」

彼女がシバを膝の上で眠らせながらニヤニヤと俺を見ている。なんか、嫌な予感。

「で、弁護士の前金は私が出してあげるからさ。その代わりに私のお願い聞いてよ」

「え……何？」

突然提示された条件に戸惑う俺、まだ彼女のことはほとんど知らないが非常に嫌な予感がする。

「岡本くんさ、ダンジョン配信者……やらない？　本格的に。インフルエンサーになろうよ。私と一緒に」

ダンジョン配信者。ダンジョンでのモンスター攻略なんかをエンタメ風に配信したり動画投稿をしたりして広告収入を得る人たちのことだ。

インフルエンサーというのは、配信者やSNSでの人気者がその知名度を利用して、商品の紹介なんかを企業から引き受けて、生計を立てている人を指す。つまり、俺にダンジョン配信で人気を取ってインフルエンサーとして金を稼げ……と。

「俺が？」

「うん。だって、トレンド1位だよ？　これってさ、実質日本1位ってこと。それに、なによりも……その、ダンジョン配信者って最高に楽しいの！　私ね、命の恩人には楽しく生きてほしいからさっ」

えへへ、とふにゃりと笑い音奏は俺をじっと見つめる。暖かくて優しい眼差《まなざ》しに俺はぐっと心を引かれた。彼女と一緒に配信ができたら楽しいんだろうなぁ。

「人生一度きり……だもんな」

「そうだよ。ね、私がついてるからやろ？」

「とりあえず……音奏に借金返すまでは頑張ってみようかな」

「よっしゃ！　じゃあ、決まりね！　明日は私は出版社で、岡本くんは弁護士事務所とできれば病院。診断書もらって休んでいる間に色々準備しよ！　あ、シャワー借りるね～」

そっか。病院に行って診断書をもらうって手もあるよな。会社に行くとしんどいのも事実だし。

よし。ってあれ……なんか今さらっとすごいこと言われたような？

「岡本くん、タオルとこのスウェット借りるね～」

音奏はさっと床に落ちていた俺のスウェットを掴むと風呂を探して廊下の方へと出ていった。

「は、は、はぁ!?」

＊＊＊

「なるほど、これだけ証拠が揃《そろ》っていれば問題なく会社を辞められますよ。労基署に関しては是正勧告を行って調査をしてもらうくらいしかできないので。弁護士に頼むのが正解ですよ」

音奏に紹介してもらった彼女は宇垣《うがき》翔子《しょうこ》弁護士。年齢は俺と変わらないくらいの艶《つや》っぽいお姉さんで美人。多分すごく高いスーツを海外ドラマみたいに着こなし、華奢《きゃしゃ》な腕時計も非常に高そうだ。

お高く止まっているように見えるが、このお姉さん。クラブに通ってるんだよな……なんかスゲーエロいような。

「なにかしら？」

俺が彼女を見過ぎていたのか、笑顔なのに少し殺気のある視線で釘《くぎ》を刺される。

「いえ、なんでも」

俺の第六感が叫んでいる。この女性は怖い。

「残業代も全部支払わせる。その上でそうね。1年分の給料と同額は補償してもらいましょうね。それから、刑事告訴をちらつかせて精神的苦痛に対する慰謝料もとりましょう」

翔子さんはウキウキで俺の診断書をファイリングしたり、何やら契約書を作ったりしている。

「でも、よく頑張ったわね。このご時世でこんなのなかなかないわよ。普通はすぐにやめるか、心身を壊してるかじゃないかしら」

「まぁ、そういう人も多かったっす。その、過去にこの人の標的になっていた人は」

「体や心を壊してしまった人は、残念ながらこうして不当行為を告発したり、戦いを挑むことができないのよ。そばにいる誰かが背中を押してくれない限りは」

言われてみれば俺もそうだ。音奏に出会わなければ、彼女の強引な説得がなければ俺はずっとあの場所で心をすり減らしていたに違いない。

＊＊＊

なんか、全てがトントン拍子に進みすぎて怖いぐらいだ。毎日、ぼーっと家で過ごしながら動画編集の練習をしたり、シバの散歩にたっぷり行ってやったりしている。

基本的に会社とやりとりするのは弁護士の翔子さんだし俺はノーストレス。ゴロゴロしながら弁護士先生のメールに返信するだけだ。なんて考えていたら先生からメールが入った。

『本日、労基署が会社の社長を呼び出して是正勧告をしたとのご報告がありました。また、会社はこちらの条件を全て飲むそうです。裁判は避けたいとのこと。先方からの誓約書を添付します。さっそく、明日のお昼ごろ謝罪の場を設けました、私も同席します』

ここまでは予想通り。俺は『明日はよろしくお願いします』と返信する。なんだかいち段落した気がしてコーヒーでも淹《い》れようと立ち上がった時だった。

「おっす～」

と俺の家に勝手に入ってくるのは音奏だ。

「勝手に入ってくるなって」

「いいじゃん、いいじゃん。相棒～」

一緒に配信をすると約束した途端これだ。ほとんど毎日この家に押しかけてはマシンガンのようにしゃべり倒す。時たま「クラブ～」「美容院～」「ネイル～」と言って出ていくがほとんどこの部屋にいるんじゃなかろうか。

俺もこの異常な状態にすっかり慣れてしまっている。

「今日は、記念すべきネット記事の情報解禁日だよ～？　あと10分で文夏砲《ぶんなつ》ネットに載っちゃうんだから。一緒に酒飲みながら見るっしょ！」

彼女はビニール袋にたんまり入ったビール缶をこちらに見せてニカッと笑った。

＊＊＊10分後＊＊＊

「３・２・１、かんぱーい！」

俺と音奏はネット記事の公開に合わせて乾杯をした。安い銀色のビール缶から直接ぐびぐび飲んで、ぷはーっと爽やかに息を吐く。

「さーて、みんなの反応を見ちゃうぞ～」

【大手企業子会社の闇！　昭和のパワハラが続く企業内部の実態】

なんて堅苦しいタイトル、音奏が編集した音声と俺が撮ったとわからないように画角を調整した動画。みるみるうちに、記事のＳＮＳ投稿が拡散されていった。

「さっすが、文夏だね～。岡本くん、ツエッター見てみなよ」

「おっ、まさか」

「そのまさかですよ、お兄さん」

ツエッターのトレンドには俺の会社の名前が上がり、パワハラ、クソ上司、昭和の会社、ゴミ女、特定などの香ばしいワードが並んでいた。

「こりゃ特定も時間の問題だね～、あっ。女の子の方はもうオンスタ特定されてるね～」

オンスタというのは写真をメインにしたＳＮＳで、おしゃれな投稿を女の子たちがこぞってやっている。無論、あの受付の子たちもアカウントを持っていたのだろう。

「さーて、ネットで晒された上に明日岡本くんに頭下げてお金払うんでしょ？　これはざまぁすぎる。謝罪会が楽しみだね～」

ＳＮＳには武藤やあの受付の子たちを非難する投稿がほとんどだった。彼らは、俺をいじめることが正しいかのように振る舞っていたが、これでわかっただろう。あいつらのやっていたことがどれだけ間違っていて、非常識だったか。

「確かに、ざまぁみろってとこだな」

「ま、まだ前哨戦《ぜんしょうせん》だけどね」

と彼女が新しい缶をプシュッと開けて俺に寄越した。受け取ってぐびぐびと喉に流し込む。

あぁ、こんなにうまい酒は人生で初めてかもしれない。

「朝起きる頃には大変なことになっているだろうな。メシがうまいぜ」

「岡本くん、なんか作ってよ～」

「野菜炒めでいいか？」

「もち！」

俺は久々のうまい酒を一晩楽しむことにした。

＊＊＊数時間後＊＊＊

俺の頬をゲシッと硬いけど柔い毛だらけの足がつつく。

「英介、メシ」

シバのモーニングコールである。俺は昨夜、音奏と酒を飲んでからあの子をタクシーで無理やり帰し、潰れるように眠ったんだっけか。

「わかった」

「めざまし止めて寝てたから起こしてやったんだ。感謝しな」

「へいへい」

シバに感謝の気持ちをこめながら彼の朝飯を作る。牛挽肉《ひきにく》に鶏のささみ、朝はウェットフード。

俺はその後に洗顔と歯磨きを済ませて、昨日の残りのつまみを朝飯にしながらスマホを開く。

ツエッターでは武藤の名前がトレンド入り、音奏のツテなのかいろんなニュース系配信者がさまざまな配信サイトでこの件を取り上げて大拡散していた。

そのおかげか、武藤や受付の女たちの特定はもう完了しており、ツエッターで卒アルだの鍵垢《かぎあか》だのが流れていたし、ネットニュースにもガンガン掲載されていた。

「こりゃもう再就職は無理だろうなぁ」

＊＊＊

翔子さんと俺は会社の応接室にやってきていた。もちろん、俺は隠しカメラとＩＣレコーダーをセットしている。久しぶりの会社、やっぱり入っただけで嫌な気持ちになる。周りの社員たちが怯《おび》えた顔で、応接室に通される俺たちを見ていたのが頭から離れなかった。

緊張する俺とは対照的に、翔子さんはもうすぐ慰謝料が入るのでほくほく顔だ。

応接室のドアが開いて、社長と法務の男性と共に入ってきたのは武藤と受付の女２人だった。

「では、先日お伝えした通りここで依頼人・岡本英介氏への正式な謝罪を」

翔子さんが淡々と話すと、納得いかないといった表情の社長と法務。一方で、武藤と受付の女たちはやつれ切っていて何も考えられないといった感じだった。

「先日、弊社の情報が文夏社で報じられました。失礼ですが彼の仕業では？」

「あら、その証拠はどこに？　文夏社は悪質なパワハラを報道しただけのこと。報道の自由は憲法で認められているものです。仮に、岡本英介氏が情報源だとしても報道するかしないかは文夏社の意向次第。そもそも、パワハラの有無と告発については別問題では？　謝罪の場でその発言は到底受け入れられるものではありませんね」

翔子さんは、百倍返しとばかりに捲《まく》し立《た》て、俺に目配せをする。

社長と法務は何も言い返せなくなったのか「すまない」と小さく言うと、

「会社からの慰謝料５００万円と1年分の年収にあたる３６０万円を即日お振り込みします。ここに念書を。ですから刑事告訴の方はどうか……穏便に」

「えぇ、今までのパワハラに関してしっかりと謝罪、当該社員に対する措置を取っていただければ刑事告訴はしませんと依頼人は申しております」

社長と法務が確認しながら念書にサインをした。しっかりとそれを受け取って翔子さんは武藤と女たちに言う。

「では、謝罪を」

先に立ったのは受付の女たちだった。

「この度は、岡本さんへのひどい態度やパワハラを行ってしまい申し訳ありませんでした」

ポロポロと涙をこぼしている2人。法務の説明によれば、彼女たちとの契約を即日打ち切りにし、この会社を去ることになったようだ。

その上、特定班たちの仕業で彼女たちの過去のSNS投稿からほとんど全ての個人情報がネットに垂れ流しになってしまっていた。多分、恐怖で眠れなかったんだろう。美しかった彼女たちだが、疲弊しきっていて見る影もなかった。

「わかりました」

俺がそう言うと許してもらえると思ったのか、こちらを見つめてくる。

「それじゃ、先日お送りした誓約書にある期日までに、和解金50万円の支払いをお願いしますね」

と翔子さんが言うと2人は目を見開いた。

「そんなっ、謝ったじゃない！　払えません！　仕事を失って、婚約者にふられて……昨日の騒ぎで親にも縁を切られて」

「そうよ、住所も特定されて引っ越しだってしないといけないの！　50万なんて払えない！」

やっぱりな、謝罪なんて形だけ。涙だって嘘《うそ》っぱちだったんだ。

「謝罪というのは涙を流して頭を下げることじゃないのよ。お嬢さん方。普段は若さと涙で許されたかもしれないけど、この度あなたたちが依頼人を深く傷つけたことは涙や頭を下げることじゃ償えないのよ」

翔子さんの言葉に2人はぐっと唇を噛《か》んだ。

「だからお金なんて……！」

「期日までにお願いします」

俺の言葉に女どもは泣き崩れた。ザマァみやがれ。彼女たちは泣き喚《わめ》きながら応接室を出ていく。

次は武藤が俺に謝罪をする番が回ってきた。

やつは女どもとは違って演技なんかできない。だからか、ぐっと下を向いたままだった。左手薬指にしていたはずの結婚指輪がなくなっており、日焼け跡になっているところを見ると妻や子供にも見捨てられたようだった。

「岡本さん、申し訳なかった」

「何がですか」

俺が食い気味に質問すると武藤は眉間にシワを寄せる。

「それはだね、今回の件についてだ」

「今回の件？　あなたからは今回だけではなくこの数年毎日のようにパワハラを受けていましたけど」

「とにかく、すまなかった」

「とにかく？　それが大人の謝る態度ですか？　先ほどの女性たちの方がマシですよ」

武藤は俺を強く睨んだ。俺は冷静な表情で彼を見つめる。会社の中ではあんなに権力を振りかざしていたくせに今や彼はバツイチ、ネットのおもちゃとなったおじさんだ。

「岡本……貴様」

俺の目論《もくろ》みどおり、武藤は我慢の限界が来たのか俺の胸ぐらを摑むと一発、頬をぶん殴ってきた。

「やめなさい！」

社長と法務の男が武藤をはがいじめにしてなんとか止めると、武藤はふしゅるふしゅると鼻息を鳴らしながら俺を睨んだ。

「では、被害届を提出させていただきます」

翔子さんがそう言うとただでさえ地獄のような空気がさらに緊張感を増す。

「えっ、刑事告訴はしないって」

社長が情けない声を上げる。それを無視して翔子さんは立ち上がった。

「過去のパワハラについてはしないと申し上げましたが、その後のことはお約束しておりません」

「わかった……。武藤はもううちの会社とは関係のない人間だ。好きにしてくれ」

社長がぐっと苦虫を嚙み潰したような顔で言った。武藤はそんな社長の方を驚いた顔で見る。

「話が違う……俺は地方に異動って」

「お前にはもう付き合いきれん、この場で暴力など、貴様は懲戒解雇だ。今すぐ私たちの前から消えてくれ。武藤、お前のせいで会社も散々だ。損害賠償を請求させてもらう」

「社長、俺今クビになったら困るんです」

武藤は土下座するように四《よ》つん這《ば》いになり、怒りで顔を真っ赤にした社長の方を向いた。

「謝罪でしたら、する相手はこっちですよ、武藤さん」

翔子さんが無様に鼻水を垂らしながら土下座する武藤に言った。武藤はこちらに向かって土下座する。無様に床に頭を擦《こす》り付《つ》け何度も何度も謝罪する。

その姿は昔、武藤が俺に「謝罪のやり方のレクチャーだ」と言って数時間みんなの前で土下座をさせた時と全く同じだった。

「申し訳なかった……俺が全部悪かっただだから」

「許しません。俺を殴ったぶんだけじゃなく過去にお前がいじめて辞めさせた人たち全員分の苦痛を味わってください。人生を台無しにされた人がたくさんいるんだ」

「岡本……さんお願いだ。俺はもう何も」

「あんたが今までやってきた分よりもはるかに軽い罰だよ。鬱になった人はもう元には戻らない。わかるか？　あんたが壊した人たちはずっとずっと苦しみ続けるんだ」

「も、申し訳なかった。ほんとうにだから」

「金払って、前科つけて罪を償ってください」

あぁ、スッキリした。多分、ネットに情報が流れたことでこれまで武藤にいじめられた人たちも彼がどうなっているか見ることができているのではないだろうか。

会社という小さな場所でふんぞり返っていたバカ上司が小さくなって床に這いつくばって土下座する姿、ざまぁみやがれ……。死ぬまで借金地獄で寂しく暮らすんだな！

「さぁ帰りましょうか」

「はい、それでは後のことは弁護士さんへお願いします。お世話になりました」

2章

俺、配信者になる

今日やってきたダンジョンは森林タイプのダンジョンだ。入り口は地下へと続く洞窟だが、入ってしまえばそこは深い森のような空間が広がっている。キャンプにはもってこいのダンジョンだ。

「おい、英介《えいすけ》ソワソワだな」

シバがカメラを設置する俺を見ながら言った。

「今日が初めての配信だからな」

「ハイシン？」

「あぁ、音奏《めろでぃ》がやってる金が稼げる新しい仕事さ」

「稼いだらうまいもん食える？」

「あぁ、シバのご飯もグレードアップだな」

カメラの画角を調整して、それから撮影を始める。

「こんにちは、岡本《おかもと》英介です」

セリフはあんなに考えたのににぎこちない。自分のことなのに共感性羞恥で死にそうだ。

「えっと、配信者を始めることになりました。主にキャンプをする配信をします」

——同時接続者数　０人
「さ、テントの設営を始めます」

まじでこのクッソつまんない配信、誰が見るんだ？　と思いながらも俺はテントを設営する。

少し高いテントはソロキャンプ用だが機能性抜群で設営も楽ちん。テントの設営を終えたら今度はキャンプキッチン。これもキャンプ用の道具を使う。折りたたみ式のオールインワン式のキッチンテーブルを設営する。コンロもあるが、雰囲気も欲しいのでファイアースタンドも組み立てる。

できるだけ設営は簡単に、道具は頑丈なものを選んでいる。無駄な装飾なんかもないものがいい。

持ち込む食材は下処理済みでジップロックに。少しのゴミや落とし物がダンジョンの生態系を壊してしまうこともあるのだ。

ダンジョンの中は綺麗《きれい》に。というのがダンジョンキャンパーの掟《おきて》だ。

——ダンジョンキャンパーって俺くらいだろうけど……。

「ワンッ」

カメラの前でシバがアピールを始める。

この犬神《いぬがみ》は女の子に「可愛《かわい》い」と言われるのが大好きなのである。

——同時接続者数　２人
「あ、こんちは。岡本です」

〈もしかして、この前バズってた？〉

「はい、そうです。この前、ミノタウロスを倒したやつです」

〈すごかったです！〉

〈ワンちゃん可愛いですね！〉

——同時接続者数　10人

〈初見です〉

「初見さん……、えっと初めてってことかな？　俺も初めてっす」

〈あっ、本物の岡本英介だ〉

「本物です」

〈モンスターは倒しますか？〉

「あぁ、えっと明日食材調達の配信をします。多分……」

〈ツエートしなきゃ！　拡散します！〉

〈めろちゃんは来ますか？〉

「あ〜、音奏さんは来ないです。多分……」

〈めろちゃん呼んできます〉

——同時接続者数　１００人

「こ、こんにちは。岡本です」

〈おお！　はやくモンスター倒してくれ〉

〈本体映せ〉

「あぁ、シバ」

俺はシバを抱き上げてカメラに映した。コメントは一層盛り上がる。シバはお返しとばかりにウインクを決めて尻尾をフリフリした。

〈視聴者数うなぎのぼりですね！　応援してます！〉

「ありがとうございます」

——同時接続者数　５６０人
「これから配信頑張りますので登録よろしくお願いします。えっと、それじゃあまた」

俺が配信を切った途端、スマホがブーブーと振動する。

「もしもし」

「ちょっと〜、抜け駆け良くないよ〜！　どこにいんの⁉　どこのダンジョン！」

電話の相手は音奏だった。

「えっと、八王子にある狼王《おおかみおう》のダンジョン」

さっきまでギャンギャンと捲《まく》し立《た》てていた音奏が静かになる。それもそうだ、狼王のダンジョンはSSS級。正直キャンプするようなところではない。

「ちょっと、なんでそれさっきの配信で言わないのよ！」

「いや、言ったら特定されて邪魔されると思って……」

「SSS級ダンジョンで呑気《のんき》にテント設営してるなんてイカれてる！　ってバズるチャンスだったのにい！　待ってて！　素人配信者すぎる！　私が行くから！」

ブチッと電話が切れた。

「シバ、音奏のやつ来るみたいだぞ」

「ん、ジャーキー買ってこさせろ」

「了解、ビールも頼もうかな」

　登録者数　30人

＊＊＊

「ちょっと～！　ありえないんですけど！」

　両手いっぱいにビニール袋を抱えてやってきたのは音奏だ。鮮やかな金髪に露出の多い衣装。ダンジョンの入り口まで迎えに行くと彼女は可愛くプンスカ怒っていた。電話を切ってから数時間、かなり早い到着である。魔法少女風の衣装で怒られると背徳感がえぐい。

「悪かったって」

「だってだって、初めての配信って岡本くんみたいにバズった人にはチョー重要なんですけど！」

と怒りつつも俺に買ってきたジャーキーやらビールやらカップ麺やらを寄越してくれる。

「ありがと」

「もう、このあと一緒に配信してくれたら許してあげる」

「はいはい、じゃあ俺がキャンプしてるところまで行こうか」

「うん」

音奏は自慢の蝶々《ちょうちょう》のステッキを構えた。精悍《せいかん》な顔つきだが……。

「モンスターは出ないぞ」

「えっ、でも狼王のダンジョンでしょ？　やばいモンスターうじゃうじゃでは？」

「あぁ、大丈夫」

俺はあくびをして、キャンプをしている下層へと向かう。この辺りにいる雑魚《ざこ》モンスターはSSS級とはいえ雑魚は雑魚。俺との力量差がわかるのか近寄ってこない。

「まじ？　全然モンスターいないじゃん。まさか一掃したとか？」

「いいや、俺にびびって寄ってこないだけ」

「まじでどんだけ強いの？　岡本くん」

「まぁ、そこそこ」

彼女はステッキを腰につけるとつまらなそうに歩き、俺たちはくだらない会話をしながらシバの待つキャンプ地へと戻った。

＊＊＊

「おっ、ダンジョンのど真ん中に⁉」

「シバ、ただいま」

「おそかったな！　ジャーキーは？」

「音奏が買ってくれた。ちゃんとお礼言っとけ」

シバは音奏に愛敬《あいきょう》を振りまくと「サンキュ」と軽く挨拶をし、ジャーキーを袋ごと持っていった。かなり待ち望んでいたらしい。ゴミはさっと俺が回収しておこう。

「はい、どうぞ。お嬢さん」

「どーも」

俺は豪華な方の折りたたみ椅子を彼女に手渡して、自分は地べたにあぐらをかいた。

「あ～あ、記念すべき初配信がこんな地味になっちゃって……も～！　どうして相談してくれなかったのよっ」

「すまんすまん。いや、ほら会社のことで色々と疲れててさ。ゆっくりしがてらやってみようかなと」

「あーね。翔子《しょうこ》ちゃんに聞いたわ。殴られたんでしょ？」

「まぁ、人間のおっさんに殴られても痛くもなんともなかったけど、精神はすり減ったかも」

といいつつ俺はシーフード味のカップ麺とカレー味のカップ麺に熱々の牛乳とお湯を半々で注ぐ。上からチーズを載せて蓋をして3分。半分牛乳にするとこってりしてうまいんだこれが。土臭いダンジョンの中で食べると3割増し。もちろん出たゴミは即座にクーラーボックスへ放り込んだ。

「音奏、カレーとシーフードどっちがいい？」

「カレー」

「了解」

俺は彼女の方にカレー味を渡し自分はシーフード味を手に取る。

「黒胡椒《こしょう》かけるといいぞ」

「あざっす」

最後の仕上げに黒胡椒を少々。これで味がぐっと引き締まるのだ。

「岡本くん、あちっ、うまっ！」

「そりゃよかった」

俺も麺を啜《すす》る。チーズと黒胡椒、ミルクとシーフードの深みが最高にマッチしている。うん、うまい。原価数百円とは思えないクオリティだ。

「そうだ。明日配信するって言ってたけどやっぱり狼王倒すの？」

「まぁ倒してもいいけど、アイツ食えないからな」

「え、じゃあ何倒すの？」

「普通の冒険者は行かないとこに住んでるレアモンスター」

彼女は「え？」と不思議そうに言うとずるずると麺を啜った。

「狼王のいるフロアのさらに奥、奴《やつ》らが狩場にしている場所に出るんだよ。満月黄金兎《フルムーンラビット》が」

そう。目の前の彼女もポカーンとしているように、あまり有名ではないこのモンスターは激レア中の激レア。

満月の夜にしか現れず、黄金のように硬い皮膚とツノを持ち狼王と対等に戦うでかいウサギ。

そいつで作るシチューが最高にうまいのだ……！

「さっそくバズる予感っ！　めろちゃんビンビンに感じてる！　よっしゃ、じゃあ今日はたくさん食べて飲んで英気を養わないとね！」

＊＊＊

「おはよぉ～」

音奏は俺が寝るはずだったテントの中からひょっこりと顔を出した。

「おはようさん」

「すんごいね、あのマット？　ふかふかだしひっさびさにぐっすりだったかも……ありがと！　うわ～、めっちゃいい匂いするんですけど！」

まぁ、さすがに一緒のテントに入るのは気が引けたので、俺はシバに巨大化してもらって外でもふもふの中で眠ったのだ。犬神であるシバはダンジョンの中でなら俺が乗れるほどの大きさに変身できるので、こうしてベッド代わりにして一緒に寝ることもある。シバからすれば、俺は湯たんぽみたいなものなのだろうか。

「ま、狩りの前の腹ごしらえだな」

ホットサンドメーカーをファイヤースタンドの直火《じかび》にかけながら、俺はシチュー用に持ってきたホワイトソースを別の鍋で温めていた。

ホワイトソースの香りと、ホットサンドメーカーからバターとハム、チーズの焦げるいい香りがして音奏は「ぐぅ」と派手に腹を鳴らした。

「ちょ、何作ってんの？」

「最高の朝飯」

「ね～、岡本くんってば最強かよ～。じゃあ私はコーヒー担当ね」

「サンキュ」

音奏はマグカップやらインスタントコーヒーやらを準備して、楽しそうに鼻歌を歌っていた。なんというかまぁ寝起きからご機嫌なことで。

「よしっと、これさぁもっと映えそうな小道具持ってきたらいいかもね？　ほらほら、ダンジョンの攻略配信はナマでやってお料理系は動画投稿的な？　めっちゃよくなーい？」

きゃっきゃっと楽しそうに話す彼女を見ながら、俺は「いいかも」と心が躍る。動画の編集は時間をかければかけるほど良《い》いものになりそうだし、１人で静かに作業したい俺にはピッタリかも。

「さ、できたぞ」

ホットサンドメーカーをパカッと開くと彼女が「うわぁぁぁぁ」と感嘆の声をあげる。

ホットサンドメーカー（ワッフル型付き）に冷凍のクロワッサン生地とハムとチーズを入れてジューッと焼いていたのだ。

カリカリに焼き上がったそれをトングで取り出して皿に盛り付けると、少し煮詰めてドロッとしたホワイトソースをかける。

「クロックムッシュ風クロッフルってとこかな。はい、どーぞ」

「わぁぁぁぁぁぁ!!　岡本くん天才かよ！　めちゃうまそう！　美味《おい》しそう……いただきまぁす」

ホットサンドメーカーでぎゅっと押し付けられたおかげで、パリパリになったクロワッサンに香ばしく焦げたベーコンとチーズ。そのしょっぱさをホワイトソースがうまいこと和らげて……いくらでも食べられる美味しさだ。

「うんま、熱いから気をつけろよ」

「うんまぁぁ……岡本くん。おかわり焼いて」

「太るぞ」

「いいのいいの！　あとでいっぱい運動するんだからっ！」

「はいはい」

俺はもう２つクロワッフルを仕込みながらちょっとニマニマする。

——ソロキャンもいいけど、たまにはこういうのもいいかもな。なんて。

＊＊＊

腹ごしらえの後、俺たちは配信の準備に取り掛かっていた。音奏が持ってきたカメラ搭載型の透明ドローンに俺が感動したり、彼女が一生懸命ＳＮＳで告知をしたり……。

「じゃ、はじめるよ」

「どうも、こんにちは。岡本英介です」

「ちょっと～、カタイカタイ！　めろちゃんだよ～！　みんな、元気？　今日は、岡本くんと一緒に狼王のダンジョンに来てるよ！　満月黄金兎をハントしてシチューを作るんだって！」

イェーイ★　とノリノリでポーズをとる音奏の後ろで俺はぺこりと頭を下げた。

「おっ、同接１０００人だ。みんな満月黄金兎って知ってる？」

俺もスマホを覗《のぞ》き込《こ》む。

〈知ってる〉

〈幻のモンスター〉

〈ってかなんで雑魚モンおらんの？〉

〈配信はじめが最下層で草〉

「そうそう、岡本くんが最強すぎてモンスターは基本寄ってこないんだって！　やばくない？」

と音奏が自慢した時だった。

俺らの背後から大きな唸《うな》り声《ごえ》と殺気がして、俺は咄嗟《とっさ》に彼女を抱えて横っ飛びした。

俺らがいた場所に大きな穴が空くほどの衝撃が走り、砂煙の中には筋骨隆々の狼王の姿があった。

「話してたらボス登場！　ヤルよ！」

音奏はステッキを構えて、埋め込まれた火の魔法石からブンブンと炎の球を放つ。しかし、二足歩行で狼の頭をした〈人狼《じんろう》タイプ〉の狼王はひらりひらりとそれらを避《よ》ける。

「人狼タイプ」

狼王にはさまざまなタイプがある。

ケルベロスタイプ、黒狼《こくろう》タイプ、そして一番強いのが知能と機動力の高いこの〈人狼タイプ〉だ。

「あんまり騒がれるとウサギが逃げるんだよなぁ、シバ」

シバはぶおおんと大きく変化すると、音奏を背に乗せて「了解」と渋い声でカッコつけた。

この野郎、俺より配信慣れしやがって……。

当初の予定では睡眠矢《すいみんや》で眠らせるつもりだったが……もしかして戦った方が視聴者は喜ぶ……？

「あんまり騒いでくれるなよ」

狼王は俺の弓を見て超高速移動で走り回り始めた。

弓矢は遠距離の武器。ターゲットが絞れなければ使い物にならないことを理解しているのだ。

——まぁでも、無駄なんだけど。

俺は一本の矢を放つ。

その矢は高速移動をしてこちらを窺《うかが》っていた狼王の眉間をぶち抜き、奥の岩に突き刺さった。

「さ、満月黄金兎が逃げ出さないうちに探そうぜ」

俺が振り返って音奏に話しかけると、彼女はあんぐりと口をあけてぼうっと俺を眺めていた。

「やっぱ……一撃？」

ぽかんとする音奏をおいて、俺は倒した狼王の死骸を跨《また》ぐ。人狼タイプなんか食えないし、爪と牙だけ貰《もら》っておくか。加工屋に渡して矢を作ってもらおう。

「音奏、いくぞ」

「う、うん。ってかさ、さっきありがと」

彼女はちょっと恥ずかしそうにそう言うと透明な飛行型カメラに向かって実況を始める。

「みんな見た？　まさかのSSS級ダンジョンで人狼タイプのモンスターを一撃！　岡本くんのヤバさ伝わった？　岡本くん、視聴者からコメントいっぱいだよ」

と言われて俺はスマホを取り出した。

——同時接続者数　１５００人
〈ってかSSS級のダンジョンでキャンプ設営してたん？〉

〈狼王を弓矢で一撃はしんどい〉

〈ってか、弓って近距離不利武器だよな？〉

〈筋肉見せて〉

〈かっこいい！　彼女いますか⁉〉

「ははは……」

「ちょっと～、みんな私のことも褒めてよ～！」

〈めろちゃん流石にSSS級は足手まといでしょ〉

〈２人は付き合ってるんですか？〉

〈めろちゃん弱可愛い〉

〈飯テロ期待してます！〉

「ひどいったらひどいよ～。めろちゃん弱くないし！」

結構配信の視聴者ってのは自由だな。うん、でも楽しんでもらえているならそれでいいか。

「じゃあ、満月黄金兎のいる奥に入っていこうと思います」

狼王の巣の周辺に小さな洞窟の入り口がある。這《は》って入り込み、しばらく匍匐《ほふく》前進で進むと大きな空間に出る。この辺に……いるはずだが……。

「おっと」

俺が飛び退《との》くと数匹のツノウサギがこちらを威嚇し、額の一角を震わせている。

「うっわ……ウサギちゃんだと思ったけど顔怖いね、でかいし」

彼女のリアクションの通り、可愛いウサギちゃんではない。まるで肉食獣のように牙を剝《む》き出《だ》しにし、その目は真っ赤で吊《つ》り上《あ》がっている。大きさは大型犬と同じくらい。

まともにあの一撃を喰《く》らったら普通の人間なら死ぬ。

「まぁ、雑魚は無視で」

俺がぐっと威嚇してきているウサギを睨《にら》むと、奴らは威嚇をやめて逃げ出した。俺の狙いはただ一つ……満月黄金兎だ。じっと洞穴の中を眺める。そしてゆっくり、ゆっくり足を進めていく。

「ねえ、どんな感じなの？」

空気を読んだのか音奏も囁《ささや》き声《ごえ》で話す。

「金色の光が見えたら教えてくれ。えっと視聴者のみなさんもコメントで教えてください」

俺のアドリブに彼女は大喜びで親指を立てた。どうやらコメントがガンガン流れているらしい。

満月黄金兎は、満月の夜にのみ音速で走り回っている。故に、幻。

「あっ、あっち。コメントで岩の奥で見えたって。ラグを考えると……」

「おっけ、他には？」

「池の周り、それから右端の壁」

「なるほど」

「でも、ラグがあるし……」

「いや、見えた……！」

俺は弓を構え、引き絞った。さっきとは違って瞬き一つせず、じっと的を絞る。岩の奥、池の周り、右端。

シンと洞穴の中が静かになる。俺は息を止める。一瞬だけ、奥の岩陰から見えた金色の光の行く先に俺は矢を放った。

――ギャウッ。

金色の光は矢を受けると黄金に輝くツノを持ったウサギに姿を変えた。満月黄金兎はゴロンと転がるとそのうち動かなくなった。

「よっしゃ！」

「やばっ！　みんな見てた？　こっちも一撃！」

「いや〜、まさか一回で急所に当てられるとは」

「え？　どういうこと？」

「ほら、ちょうど心臓のところに刺さってるだろ？　こうすると魔法石になるツノも傷つかないし、肉も食える部分が残りやすいんだよ。ゆっくり狙ってよかった。みなさんがこいつの動きの法則を教えてくれたので、うまくいきました！」

〈は？　こいつま？〉

〈狩れるだけでもやばいのに急所狙って一撃？〉

〈これは生きてるだけで国宝〉

〈岡本英介えっぐ〉

〈かっこいい!!!　付き合ってください〉

〈これはさすがのメロちゃんもイチコロ〉

――同時接続者数　３０００人
「じゃあ、満月黄金兎のシチューの動画は後日俺のチャンネルにアップします」

と俺が締めくくりに入ろうとすると音奏が割って入る。

「私が食べてる可愛い～映像もあるから絶対見てね！　今日は最高の配信！　イェーイ」

なんだか俺も楽しくなって彼女と一緒にピースをする。そのまま配信を終えて俺は満月黄金兎の死骸を袋に詰めてシバに咥《くわ》えさせた。

「配信ってこんなでいいのか？　俺、いつもみたいにあっさり倒しちゃったけどさ。本当はこう努力！　勝利！　みたいな苦労する姿の方がみんな食いつくんじゃないか？」

俺の質問に彼女は「うーん」と首を傾《かし》げる。

「でも、岡本くんの配信は、スカッとして気持ちがいいし……それに努力とか苦労ってある程度人気がある人がやるから面白いんだよね～。だから、もう少しファンがついたらとか？」

なんだか音奏の言っていることが理にかなっているような気がして悔しいな。

でも、その通りだ。誰も知らないおっさんが苦労するところなんかみたくないだろうし。

「じゃあ、戻りますか」

「お腹《なか》減った～」

「音奏は何もしてないだろ」

「え～ん！」

「わかったらシバに乗らずに歩いて帰るぞ～」

「はーい」

＊＊＊

「じゃあ、ある程度捌《さば》いて……。音奏、カメラ任せてもいいか？」

「いいよ～！　任せて！　編集は岡本くんがやるの？」

「うん、家に帰ったらゆっくり動画編集しようかなと」

「へぇ～、お仕事やめたしゆっくりするんだぁ～、いいな。行っていい？」

「音奏がいたらゆっくりできんだろ、やめてくれ」

「え～、静かにしてるからいいでしょ～？　ねぇねぇ、いいでしょ～？」

コイツ……まだ俺の家に通うつもりなのか？

「さ、じゃあシチューとビール煮込み作るか。シバ、使わないところ食っていいぞ」

俺は満月黄金兎の使わない部分をまとめてシバに渡した。

「英介、骨も食っていい？」

「ん、いいぞ。牙と爪、ツノがあれば素材は十分だしな」

シバは嬉《うれ》しそうに唸ると食い始める。

「2種類も作るの？」

「そ。ホワイトシチューとビール煮込みだな。どっちも最高にうまいんだよなぁ。満月黄金兎の肉はほろっほろで牛肉みたいなコクと鶏肉《とりにく》みたいなさっぱりさがあって最高にうまいんだわ」

音奏が「うわ～絶対うまいじゃん」と地団駄を踏む。子供か。

「じゃ、いい感じにカメラよろしく」

「はいよ～、なんかキャンプ料理って映えるよね～。はい、じゃあいきますよ～」

ウサギ肉を小さく切り分けて調理していく。事前に持ってきていた野菜と一緒に炒《いた》めて、それから小さな鍋2つに分ける。一方にはビールを、一方にはチキンブイヨンを入れてコトコト煮込む。ローリエやらの香草で臭みを消し、ごろごろの野菜と肉の甘い香りが蒸気と共に広がっていく。

「明日の予定は？」

俺の質問に音奏は嬉しいようなびっくりしたような顔をする。

「へっ？　岡本くんからそんなこと聞いてくれるなんて珍しーじゃん。そ、そりゃ？　岡本くんに頼まれたら空けてあげないこともないけど？」

「いや、そうじゃなくて」

デレデレとする彼女に俺はニンニクを見せた。まんまると太った国産のちょっといいニンニクだ。

「ニンニク？」

「そう、シチューにはガーリックバゲットが最高だからさ。けど、一応？　音奏も女の子だし聞いておこうかと」

「一応って何よ！」

「で、明日の予定は？」

「ないよ、強いて言えば岡本くんの家に行こっかなと」

「じゃあ、遠慮なく」

俺はニンニクの皮を2個分剝くとスキレットにオリーブオイルをたっぷり入れてニンニクと一緒に火にかける。ウサギシチューをを弱火でコトコトしている間にバゲットを焼きつつニンニクのオイル揚げも並行して料理していく。

ニンニクがオリーブオイルを吸ってこんがり狐色《きつねいろ》になったら、塩胡椒をした上でこちらもカリッときつね色になったバゲットに一粒。ぎゅーっと押し付けるようにニンニクを塗ってしまうのだ。

「うわ〜、背徳感……！」

音奏が物撮りしながら、よだれを垂らしそうな顔でリアクションしている。料理動画は無音にするかな。あぁ、そうしよう。

「音奏、シチューとビール煮込みもできたからふた開けるところ物撮りしよう」

俺がふたを開け、彼女はズームやら角度をかえるやらして何度か撮影をした。正直、早く食いたい。

「じゃあ、食べよっか。あ、そうだ岡本くん。写真撮ってツエッターにあげといたら？　動画投稿の後にＳＮＳにあげてもいいと思うしさ。ほら、オンスタとかもやるんでしょ？」

「そっか、スマホスマホ」

俺はポケットから自分のスマホを取り出してタップする。しかし、画面は真っ黒のまま反応しない。

「あれ？」

「どしたの？」

「いや、電源がつかねぇ」

「充電切れてるとか？」

「充電切れるほど触ってないけどな……音奏、悪いけど撮ってくれるか？」

「いいよ、でもなんで充電……あっ、まさかっ」

と何かを思いついたのか料理を撮らずにスマホに夢中になると、彼女の表情がぱっと幸せそうな笑顔になった。

「岡本くん！」

「な、なんだよ？」

「なんでスマホの充電切れたかわかったよ」
「ええ……？」
「通知、切ってなかったでしょ？」
「通知？　なんの？」
「ツエッターの通知」
「あぁ、そう言えば」
音奏はニンマリ笑うと俺にスマホを寄越してきた。画面にはツエッターが映し出されている。
〈日本のトレンド〉
1位　岡本英介
2位　ワンパン
3位　狼王　人狼型　弓矢
4位　何者
5位　柴犬《しばけん》
6位　めろでぃ
7位　SSS級　キャンプ
「バズってるから、通知止まらなくてスマホの電源切れちゃったんだよ！　ほら、岡本くんのツエッターフォロワーもう5万人だよ！」
「まじかよ……」

「まじまじ！　だってさ、よく考えてごらんよ。SSS級のダンジョンでのんびりキャンプしつつ、軍隊でもギリなレベルの狼王をワンパンしてその上、満月黄金兎も急所ワンパンだよ？　ヤバいって、普通に」

彼女の語彙力が完全に消え失《きう》せているので俺は「そうだな」と言いつつ、シチューを器によそい、ガーリックバゲットをナイフで細長いスティック状に切った。

「ま、動画も撮れたし食いますか」

「も～、岡本くんってば冷静すぎるよ～」

「食わないの？」

「食べる！　食べますってば～！　いただきま～す！」

俺もウサギ肉のシチューに向き合った。これで働かずとも今月から配信者として収益化できるのじゃあるまいか。目の前でうまそうに料理を食っているギャルのおかげだ。

「ありがとな」

「ふえっ？」

「なんでもない、おかわりいるか？」

「いる～！　あと岡本くん、乾杯しよ。乾杯。ビールまだあったっしょ」

プシュッとダンジョン内にいい音が響いた。

＊＊＊

月曜日。

それは多くの大人にとって週で一番嫌な日である。

――だがしかし、俺、岡本英介はもう起きる必要がない！

「英介、メシ」

なんて甘い世界ではない。俺はシバの声に起こされると、彼の朝飯を作るため、午前7時にベッドを出た。

「シバは朝が早いなぁ」

「ニンゲンのお前たちに合わせてたら早くなった」

「はいはい、いつもの牛肉と……」

「今日はカリカリがいい」

「了解」

ウェットフードではなくドライフードをカラカラと器に入れる。数百年生きているこの犬神様はドッグフードが、いたくお気に入りらしい。

「お待たせしましたよ」

早起きはしたものの気分は爽やかだ。働きに行かなくていいんだから。1年分の給料にプラスして会社からの慰謝料が入った。少なくとも数年はこのボロのアパートで好きなことをしていられるんだ。

その間に、配信者として食っていけるだけの力を身につければ……。
「っ……⁉」
再びベッドに寝転がってスマホタイムをしていた俺の目に飛び込んできたのは、非常にというかモロ出しセクシーな女の写真だった。
＝＝＝＝＝
岡本英介さん
こんにちは！　ファンです。
オカズにしてくださいっ
みなみ　より
＝＝＝＝＝
狼王のダンジョンでの配信の後、俺は再びトレンド1位になった。ツエッターのＤＭにはこんなものがごまんと送られてくるようになっている。
なんでも俺のファンで俺に抱いてほしいとか見てほしいとか……。俺をベタ褒めする文章と共に送られてくるセクシーな写真。
「有名人ってのはみんなこんなモテんのか」
朝の男子には刺激的すぎる写真だ。ただでさえ会社ではキモがられていた俺、突然モテてしまうと反応に困る。もちろん、コミュニケーションに自信はないのでＤＭに返事をすることはないが。
拝むくらいは許されるだろう。多分。

＊＊＊数時間後＊＊＊

「ふぅ……、とりあえず飯でも食うか」

あらかたＤＭを読み終わった後、冷蔵庫を開けてみる。

昨日帰ってきて、残ったウサギシチューは冷凍しちゃったしな、チーズと冷や飯、揚げ玉か……。

「最近、毎日音奏が食いにくるから食材がすぐになくなるな」

俺は湯を沸かし、どんぶりに冷や飯とチーズを入れてレンジでチンする。

「この辺にあった……よな！」

調味料ストックの一番下に残っていた最後の一袋を取り出す。永山園のお茶漬けのり（さけ）だ。

この（さけ）ってのが重要である。

チーズがとろけた白飯の上にお茶漬けのりと揚げ玉をかけ、お湯をドバッと注ぐ。テキトーな皿で蓋をして２分。

「即席サーモンチーズリゾット～、なんつって」

和風に見えるお茶漬けのりだがチーズを入れることで一気に洋に傾くのだ。さけ味の魚介出汁《だし》が相まってとろとろのチーズと、少しふっくらした米はリゾットを彷彿《ほうふつ》とさせる。揚げ玉が出汁をしっかり演出してくれるところもいい。原価百円以下。最高だな。

「さてと、食いながらツエッターでもみるか」

〈岡本英介最強すぎる〉

〈かっこいい……ワンちゃんもかわいい〉

〈次の配信も期待！　次はどんなモンスター倒すんだろ？〉

〈グルメ動画すこ〉

〈弓って残念武器だと思ってたけどこれはいいな〉

ひしひしと満たされていく承認欲求。自分の中にこんな気持ちがあったことに驚きながら俺はツエートを眺める。

〈かっこいいです！　結婚してください！〉

〈えっちな女の子じゃだめですか……？〉

〈岡本さんみたいな人が理想です！〉

「なんだよ、英介。ニヤニヤして」

「なんでもないよ、ただちょっと嬉しいだけ」

「ふーん、お前も親父《おやじ》に似てきたな」

「えっ？」

「面白いことしてる時の顔、すげー似てる」

シバはそういうと少しだけ寂しそうに俯《うつむ》いた。コイツにしたら、大好きな相棒に死なれたんだ。

犬神というのがどこまで犬に似てるのかわからないが、犬は人にすごく従順だし彼もそうなのかも。

「そうかよ、一応親父の息子なんでね」

「そういえば、今日は音奏こないのか？」

言われてみると、今日は音奏の襲撃がない。もう昼前だというのに……。いつもなら勝手にドア開けて入ってきてキャンキャン騒ぎ立てるのに……。スマホを見ても彼女からの通知はなかった。

「クラブとやらで二日酔いかね」

俺がそういうとシバは少しだけ不満そうに尻尾を揺らした。

「音奏はお前の母ちゃんに似てる」

「は？　いや、まぁ言われてみると……似てなくもないかも」

うちの母親は底抜けに明るくて、楽観的な人だ。時代が時代だったならギャルになっていたのかもしれない。

俺は冒険者の父と楽観主義の母親に育てられ、父親が死んだ時に堅実に生きなければと強く思った。どんなにやりたいことでも楽しくても死んでしまったらおしまいだと思っていたから。

「そうそう、お前の親父と母ちゃんが出会ったのもこんな感じで母ちゃんが押しかけてきてさ～」

「やめてくれ、親の恋愛話なんか一番聞きたくないぜ」

「じゃあ俺、音奏くるまで寝る」

シバはケケケと笑うと自分のベッドに飛び乗って丸くなった。そう言われてみれば、シバが家族ではない人間に懐くのは珍しいな。

俺はお茶漬けを食いながらもう少しだけ女性からのＤＭを堪能《たんのう》することにした。

幕間

「岡本くんってばカッコよすぎだよ～！」

私はぎゅうぎゅうと可愛《かわい》い黒猫のぬいぐるみを抱きしめた。あの日、私を救ってくれた彼に夢中なのである。

「お前のその不貞腐《ふてくさ》れた顔、ちょっと岡本くんに似てる？　にゃ～」

ちゃらんぽらんな暮らしをしている。配信者として収益を得ながらたま～に知り合いの居酒屋でバイトをしたりする。

「もっと仲良くなったら名前で呼びたいなぁ～。えいくん？　えいちゃん？　すけちゃん？　え～ん、全部かわいいしゅき……」

私のチャンネル登録者は10万人。ＳＮＳの総フォロワー数は50万人。若い女の子でこれだけフォロワーがいれば大体、月に30万円くらいの収入がある。コスメの案件とかあるとやばい。

一人で暮らすには十分な金額だし、それにこの暮らしに満足している。

「パパもこのくらい楽ちんでよかったのにね」

スマホの中にあるのは私が幸せだった頃の家族写真だ。毎日一度はこの写真を見て、私は幸せだった家族を思い出している。忘れないでいることがパパのためになると思っているから。

そんな私が今夢中なのはカレ！　岡本英介だ。

「岡本くん、次はどこのダンジョンに連れて行ってくれるのかなっ……だってだって、またトレンド1位になったんだよ？　やばいって～」

つい昨日、狼王のダンジョンでぎゅっと抱きしめられたことを思い出して私は体がカッと熱くなった。

細く見えるけど実際は太くて男っぽい腕、硬くて温かい胸板。普段は優しいのに戦う時の真剣な視線……きゃっ～！

——弱いことは悪いことなのに、弱くて良かったと思っちゃった☆

「岡本くんってどんな子が好きなのかなぁ～？　ちょっとバズってモテすぎちゃって心配。あの女優・シラカンもいいねしてたんだし。もしかして私ってばピンチ⁉」

彼ってば鉄壁って感じだもんなぁ。

一緒にキャンプしても私をテントに押し込めて自分は外、家に行っても終電前には帰されちゃうし。でもカノジョはいないし女の子が好きだって言ってた。

「にゃん太郎！　私まさか脈なし⁉　えーん、こんな初恋ないよ～！」

猫のぬいぐるみをぎゅ——っと抱きしめて私はベッドでジタバタする。どんな子が好きなんだろ？　年上好きとかだったら詰みじゃん⁉

「まぁ、押すのが正義だよね。よし、ＳＮＳチェックしたらメッセいれておうちに押しかけちゃお

☆」

　私はスマホを開いて通知をチェックする。岡本くんがバズったことで私にもＤＭが結構きているみたいだ。

〈めろちゃん弱可愛い〉

〈応援してます！〉

〈またコラボしてね〉

〈女視聴者です、２人の恋を応援しています！〉

〈クソビッチ。必ず殺してやる〉

　普段、アンチが来ることは珍しくはないがなんかこのＤＭは変だ。

　私はタップしてそのアカウントに飛んでみる。そこには私の写真に血のような何かを塗ったアイコン、罵詈雑言《ばりぞうごん》が並んでいた。

「なに……これ」

　初めてＳＮＳで怖いと思った。

「まさか」

　オンスタもツエッターも同じアカウントがＤＭを送ってきていた。

＝＝＝＝

クソビッチ。必ず殺す

足立区に住んでることはわかってる

＝＝＝＝

「やば……翔子《しょうこ》ちゃんに連絡して、えっと名刺、じゃなくてスマホに……」

恐怖で手が震えてうまく操作できない。見たくないのにそのアカウントをスクロールしてしまう。

〈岡本英介に近づくな、お前を必ず殺す〉

「えっ……どうしよう、私岡本くんに近づいたら殺されちゃう」

——ガタッ！

玄関の外の方で大きな音がして私はビクッと恐怖に震えた。パニックでどうしたら良いかわからないってこんな感じなんだ……。

人から敵意を向けられるってこんなに怖いことなんだ。

「と、とりあえず、翔子ちゃんに電話！」

3章　俺、ギャルを助ける

「英介《えいすけ》、メシ」

シバの声で俺はすっかり眠ってしまっていたことに気がついた。窓から差し込む光がオレンジ色で、夕方だという事実に呆然《ぼうぜん》とする。

長い間社会人をやっていたから寝坊したみたいな感覚になってゾッとする。

「悪い悪い」

「英介、スマホずっと鳴ってたぞ」

「まじか」

「うん、メシ」

俺はシバのメシを用意してから充電が切れていたスマホにケーブルを差して起動する。

〈伊波音奏《いなみめろでぃ》　15件〉

なんかあったのか？　いつもなら勝手に押しかけてくるのに……。

「もしもし、音奏どうした？」

＊＊＊

音奏の家はいいマンションの部類だ。オートロックだし、８階。セキュリティーサービスも入っている。１ＬＤＫ、めちゃくちゃいい家だ。

「なるほど……これは怖いっすね」

と俺が話しかけたのは美浜《みはま》弁護士事務所の宇垣《うがき》翔子《しょうこ》先生だ。俺もまだこの人にお世話になっているが、やり手の美人弁護士でちょっとセクシーなお姉さんである。

音奏に送り付けられてきた「殺害予告」はやけにリアルで、それでいて躊躇《ちゅうちょ》というものを知らない怖さを帯びていた。さらに、なんだか最近つけられているような気がする……と。

「でね、開示請求をして被害届を出す間……英介くんにはめろちゃんを守ってあげてほしいの」

「えぇ……、音奏の実家か、宇垣さんの家じゃだめなんですか？」

翔子さんは目を細めると俺をじっと見つめる。

「だーめ。なによりも、彼女が安心できる場所がいいんだから。ね？　そうでしょ」

そう言われて、俺は音奏の方に目をやる。彼女はぬいぐるみをぎゅっと抱いて震えていた。いつもは明るくてバカっぽいのに完全に縮こまってしまっている。

「私、岡本《おかもと》くんのところじゃないと安心できない」

彼女は俺を「命の恩人」と言うが、俺にとっても彼女は「命の恩人」だ。あのクソ会社から救ってくれたんだから。彼女が望むなら俺は受ける他ない。

「わかりました」

「よし、じゃあ決まり。よかったわね、めろちゃん」

「うん……岡本くん、ありがと」

「大丈夫だ、多分そんなバカみたいなことするのは中学生とかだからさ。きっとストーカーならこんなわかりやすいことしないよ」

というのも、俺に近づくなという言葉、誹謗《ひぼう》中傷を飛び越えて殺害予告までしてしまう世間知らずさ……あと俺がちょっとモテてることを合わせて推理すれば、犯人なんてアホの女子小中学生だろうと簡単に予想がつく。これが音奏のガチ恋ストーカーなら俺にも誹謗中傷がくるはずだが、それはなかった。

「じゃあ、宇垣さんも事務所までお送りしますよ」

「ありがと。そうそう、武藤《むとう》だけどね、週刊誌の影響で他にも過去のパワハラの被害者が告訴したらしくて、今は火だるまみたいよ。ふふふ、傷害罪は執行猶予がついたけど、大変だわね」

いい報告を聞いて、俺は少し浮かれつつも音奏の大荷物を車に載せて、翔子さんを事務所まで送り届けた。車の中で俯《うつむ》いている音奏を見て俺は少し心配になる。

俺は「殺す」なんて言われても絶対に殺されない自信があるからなんともないが、彼女は女の子だしやっぱりか弱い。怖いに決まっている。

「岡本くん、ごめんね」

「いいよ、別に」

「でも、なんか女の勘っていうか今回のはやばい気がして」

「大丈夫、翔子さんが開示請求してくれたら、きっと女子中学生とかで平謝りされて終わりだって」

「うん……」

元気、ないな。

「次のダンジョン配信。一緒に来てくれるか？」

「へっ？」

「だから、次の配信。ってまだどこ行くかも決めてないけどさ」

「いいの？」

「いいに決まってるだろ。俺もメシ一緒に食ってくれるやつがいると楽しいからさ」

音奏の顔がぱっと明るくなる。

「よろしくお願いします！」

＊＊＊

スーパーに寄って買い出しをしてから俺のアパートに戻ると尻尾ブンブンのシバに出迎えられてすっかり彼女の笑顔は戻っていた。一人ぼっちの部屋にいるのとは違って安心したのか、ふにゃふにゃとソファーに寝転がる。

「おーい、ソファーどかすぞ～」

「えっ、なんでよ～」

「なんでって、ここしか立てられないし」

「立てる？」

「テント」

ぽかーんとする音奏を差し置いて俺はテーブルやらテレビやらを部屋の端に移動させる。

「テントってなんで？」

「そりゃ、同じベッドで寝るわけにはいかないだろ。それに、音奏がテントで寝た方がこうプライバシーが守られるし……」

「ええっ……私は一緒でも……」

「なーにいってんだ。ダメに決まってるだろうが」

「テントはなんかやだ」

「なんで」

「一緒にいてくれないと不安で寝られない……かも？　岡本くんの匂いがするからベッドで寝る！　いっそのこと一緒に寝る？」

「シバ抱っこして寝ていいぞ」

「岡本くんの意地悪～！」

と、いつもの彼女に戻ったのを見て安心していると……。

「お前らメシ食ってないぞ」

とシバが一言。

――確かに……！

「忘れてた……とりあえず何か作って食うか。なんでも作ってやるぞ」

「オムライス！」

「はいはい、明日の夕飯は音奏の担当な」

「はーい！」

こうして俺と音奏の一時的な同棲《どうせい》生活が始まった。

＊＊＊

――どうしてこうなった……。

俺は今、リビングの床でキャンプ用のマットを敷いて寝転がっている。すぐ横では俺のベッドで寝息を立てる音奏……。

音奏は白いTシャツに、灰色に白いラインの入ったスウェットショートパンツ。すらっとした足がベッドからだらんと飛び出している。

彼女が俺のベッドで寝ると言ってこうなったわけだが、よく考えたらやっぱりおかしいよな？　綺麗《きれい》なキャンプ用のマットがあるのにわざわざ男臭いベッドを選ぶなんて。

「えへへ～、ダンジョン！　ぎょうざ！　岡本くんを餃子《ギョーザ》にしてやる！」

午前2時。しかたない……寝よう。変な寝言を聞かないように耳栓をして眠りについた。

＊＊＊

翌朝、俺はシバの朝飯コールで目覚めると、美味《おい》しそうな匂いが部屋中に充満していることに気がついた。キッチンの方では白いTシャツに、灰色に白いラインが入ったスウェット生地のショートパンツを穿《は》いた音奏が料理をしていた。

「おはよ～、岡本くん」

彼女は俺が起きたことに気がついて振り返った。

——え？

いつもはバサバサのまつ毛にキラキラの瞼《まぶた》、唇はピンク色でキラキラしている彼女だが、今は違う。

あどけない少女という言葉がぴったりな美人だけど純粋そうな表情、大きな目はとろんと眠そうな二重で、真っ白でつるつるの肌が眩《まぶ》しい。細くて綺麗なまつ毛とナチュラルな色の唇はちゅんと尖《とが》っている。

「なによ～、ジロジロみて～。えっち」

「いやっ、なんか雰囲気違うなって」

俺に言われてから気がついたのか、彼女はぽっと赤くなると、

「す、すっぴん見られた！」

と朝っぱらから大声で叫んだ。いや、本人は嫌がっているようだが正直言ってすっぴんの方が好みだ。なんで化粧するんだ？　いや、女性にとって化粧ってのはこう、なんというか大事なものだって言うしな。変なことは口に出さないでおこう。

「もしかして、朝飯作ってくれたのか？」

俺は恥ずかしがる音奏を無視してキッチンを覗《のぞ》き込《こ》んだ。ちょっと茶色くなった厚焼き卵に大根おろし、ぱりっと焼いたウインナー。グリルでは昨日買った塩じゃけを焼いているのかいい匂いがする。

「そりゃ？　泊めてもらってるんだし？　お礼にならないかもだけどこのくらいはさせてよ」

グリルを開けると「ジュー」と魚の脂が音を立て、ぶわっといい香りが広がる。と同時に炊飯器がピーピーと音を立てる。

「英介、メシ」

「おぉ、悪い悪い。はいよ」

俺は急いでシバのメシを用意すると彼に渡す。

——やばい、こんな朝飯幸せかも……。

彼女は手際よく茶碗《ちゃわん》に白米を盛り、焼き上がった塩じゃけを皿に載せた。厚焼き卵には大根おろしと醤油《しょうゆ》、それからわさび。

ウインナーにはケチャップとマスタード。味噌汁《みそしる》はシンプルにわかめと豆腐だがアクセントに七味が一振りかかっていた。控えめにいって最高の朝飯である。

「うまそ……」

「でしょでしょ～？　私、おばあちゃんっ子だったからよくお手伝いしてたんだよね～。さ、召し上がれ～！」

あつあつの味噌汁を一口飲んでから、これまた炊きたての白米を頬張る。もうしゃけの匂いだけでイケる。何より人に料理を作ってもらうのがこんなにも幸せなことだったと再認識できた。

「うまい……」

「よかった～、ギャルも意外に料理できるんだぞ～」

「音奏、料理苦手って言ってなかったか？」

「うーん、できるはできるんだけど1人で食べるのに作るのはあんまり得意じゃないかも？」

「よくわからんな」

「まぁまぁ、気にしないでよ。じゃ食べながら相談しよっか」

「次のダンジョン？」

パリッと焼かれたウインナーにたっぷりのケチャップとマスタードをつけて白米の上に載っける。最高に行儀は悪いが最高にうまいんだなこれが。

「そう。次のダンジョンどこにしよっかの話。あっ、岡本くんしゃけの皮食べる人？」

「うーん、カリカリなら食べるけどどうして？」

「ちょうだい？」

「どうぞ」

音奏は嬉《うれ》しそうに俺のしゃけから皮を剝がすとパクッと一口で食べた。すっぴんなのも相まってとてもかわいい。

「うんまぁ〜、私天才かよ〜！」

「天才だな」

「でしょでしょ〜？　このまま奥さんになってもいいんだよ？」

「なーに言ってんだ。開示請求終わって犯人捕まえたら帰れよ〜」

といいつつ俺の茶碗はもう空になりそうだ。

「じゃあ、それまでに胃袋摑《つか》んじゃおうかな〜？　おかわり食べる？」

「た……食べる」

——結論、ギャルのスッピンはかわいい。

＊＊＊

「で、やってきたのは最強と名高いドラゴン、エンペラー・ドラゴン（はがねタイプ）がいるダンジョンです」

俺と音奏は、埼玉県秩父市《ちちぶし》のとあるダンジョンでキャンプの準備をしていた。ゴッゴツした鍾《しょう》乳洞型《にゅうどう》のダンジョンでひんやりじめじめとしている。雰囲気がある上、最深層はマグマがぐつぐつしているので配信映えするだろう。

「今日はエンペラー・ドラゴン（はがねタイプ）を倒して、ドラゴンの種火を手に入れ、最強ステーキを作ろうと思います」

〈おおお！　ドラゴン肉のステーキ〉

〈しかも種火とるのはやばい〉

〈はがねってエンペラー・ドラゴン種の中でも最強だよな？〉

〈確実に最強〉

〈くっそ……タダメシできるめろちゃん裏山〉

〈本体見せろ〉

「えっと、ドラゴンの種火ってのはドラゴンが炎を吐き出す瞬間に、火炎袋に一撃加えることで手に入る貴重なもので……ダンジョンの外では存在できない貴重品です」

俺は〈本体〉ことシバを抱き上げつつ話してみるがどうしても説明口調になってしまう。

「ちょちょ、岡本くん説明っぽすぎ〜！　とにかく〜、やばいやつを撮ります！」

音奏が合いの手を入れてくれる。助かった。

「じゃあ、行ってくるわ」

「へ？」

「あいつ範囲攻撃やばいから、音奏とシバはここで待っていてくれ」

「え、えっ〜⁉」

〈めろちゃん戦力外通告キタ――――！〉

〈めろちゃんは副音声でドゾ〉

〈かわいい女に厳しい男ですこ〉

〈めろちゃんは負けヒロイン〉

〈岡本くん、がんばえ〜〉

――同時接続者数　1万人
エンペラー・ドラゴン種はとにかくデカくて強い。西洋型のドラゴンで小さな羽と大きな体、どっしりした下半身にでかい顔。動画映えすること間違いなし！　である。

ただ、奴《やつ》の炎攻撃は広範囲なのと居住環境的にS級の音奏は数秒と持たないだろう。そこで、シバをモンスター避《よ》けに残して俺1人で突撃することにしたのだ。

「じゃあ、行ってきます」

「怪我《けが》しないでね？」

〈いちゃつくな。いいぞ、もっとやれ〉

〈いいぞ、ギャルデレ〉

俺は透明ドローンカメラを従えてエンペラー・ドラゴン（はがねタイプ）がいる最下層へと向かった。

ぐつぐつと煮えたぎるマグマ。灼熱《しゃくねつ》の最深層はマグマが噴き出る非日常的な空間で、ジリジリと熱で皮膚が痛んだ。遮蔽物のない広い空間は見晴らしがよく、小さな蟲型《むしがた》モンスターがいる程度で静かだった。エンペラー・ドラゴン（はがねタイプ）はそのど真ん中で丸くなって眠っている。

じっとりと光る鋼色のうろこに覆われた体が俺の気配を察知してがしゃりと起き上がった。

3階建てのマンションくらいの大きさのヤツがぐぉぉと吠《ほ》えると臭くて熱い息を吐き出した。

むわっとフロアの熱が上がり、俺は不快感を覚える。

「さ、さっさと炎を吐けよ」

右、左。奴の爪攻撃を躱《かわ》し、ぐるりと回ってくる尻尾の攻撃をバク転で避ける。ガチンと目の前でドラゴンの牙が鳴り、俺はさらに飛《と》び退《の》いて距離を取った。

「なかなか、火を吹くモーションにならないな」

今度は距離をとって、奴と睨《にら》み合《あ》う。

やつは小さな翼をばたつかせてこちらに寄ってくると再び爪攻撃を繰り返す。多分、俺が舐《な》めプをしていることがわかったんだろう。相当イラついているようだ。

「うーん、長いよなぁ」

俺はさらに距離をとって弓矢で奴の尻尾に一撃、それから片腕を破壊する。

――ぎゃぁぁぁぁ！

エンペラー・ドラゴン（はがねタイプ）は鋼色だった鱗《うろこ》を真っ赤なマグマ色に変えて怒り出した。ふしゅるふしゅると鼻息を荒くし、瞳は白く濁っている。

「くるぞ……」

やつは大きく口を開け、ぐぐぐぐと不気味な音を立て始める。きた……もう少し、もう少しだ。

奴の口の中がピカリと光った瞬間、俺は矢を放った。しかも、満月黄金兎《フルムーンラビット》のツノで作った矢だ。光よりも速く飛び、鋼の鱗も強靱《きょうじん》な筋肉も突き破って奴の首元にある火炎袋に突き刺さった。

「よっしゃ！」

そのまま俺は次の一矢を急所の口の中に打ち込み、そのままの勢いで駆け寄ると持っていたナイフで首をスパッと落とした。

こうすることで奴の火炎袋が燃えてしまう前に取り出せるのだ。

「よーし、ミッション達成！」

アッチアチの火炎袋から取り出した「ドラゴンの種火」をランタンの中に入れて、俺はカメラに向かって笑顔になる。

〈最強すぐる〉

〈はがねタイプ相手に舐めプ無双最高すぎた〉

〈一撃からの首チョンパまでの流れスローにするとやばいぞ〉

〈最高でした！　大好きです！〉

「じゃ、料理動画はまたチャンネルに上げます。また見にきてください」

俺は配信を切るとドラゴンの一番うまいモモの部分を3キロほど切り取って麻袋に詰めた。さ、今日はこれと種火でステーキだ。

「さてと、腹も減ったし帰りますか」

最下層からキャンプをしている中層まで歩いている時だった。

「キャンッ」

「きゃ〜っ！」

シバの悲痛な声と音奏の悲鳴がダンジョン内に響いた。

＊＊＊

「なぁ、俺だよ。音奏ちゃん、覚えてるだろ？」

と嫌がる音奏の腕を掴んでいたのは若くて金髪、しかも色黒で「パリピ」と呼ばれるような人種の男だった。顔もそこそこ格好良くて、腰にはどでかい剣を携えている。

「おい！」

傍《そば》にはシバと食ってたであろうジャーキーが地面に落ちていて、シバはごろんと横たわっていた。

俺が急いで彼女から男を引き離すと、

「どうしよう、岡本くん。シバちゃんが！　コイツに蹴られて……」

「オレのジャーキー……」

シバの無事を横目で確認し、俺はじっと男を睨んだ。

「音奏、コイツは誰だ？」

「知らない人……」

彼女の言葉に男がぐわっと顔を真っ赤にして激昂《げきこう》する。

「ふざけんな！　クソビッチ！　どうしてだよ、あんなにクラブで微笑《ほほえ》みかけてくれたのに！」

え？　この陽キャがまさかストーカー？　あの中学生みたいな誹謗中傷してた？

俺はクソビッチという言葉がよく使われていたことを思い出して、哀れみの目線で男を眺めた。

「もしかして、あの変な音奏のアンチアカウントって」

「そうだよ、お前が……最近クラブに来なくなって調べたら他の男に……」

「ってか誰？」

「クソビッチが！　俺だってここまでこられるSS級の冒険者なんだぞ！」

男は激昂するが、俺を怖がっているらしく一歩もこちらへ寄ってこない。なんて情けないんだ。

ついでに目の前にいる俺より弱い自慢してどうするんだ……アホか？

「俺はなぁ、学生時代からモテてきたんだ！　なのに、30代になったらモテなくなって……お前みたいなギャルはみんな俺を好きになった！　お前だってそうだろう？　だから毎日クラブのバーに……」

なるほど、学生時代は陽キャとしてモテてきたが、年を重ねるにつれて女はそんなことで男を判断しなくなる。金がなければ若い女にもモテないし、まして、30代で金髪色黒じゃあな……。

学生時代にモテていた陽キャはそうでなくなることに耐えられないんだろう。学生時代からずっとモテてこなかった俺からしたらちょっと、ざまぁみろって感じだ。

「クラブのバーテンだってさ、音奏知ってるか？」

彼女は首を横に振った。

この男は勘違いしているが、彼女はクラブで店員に愛想よくしていただけだろう。薄暗い中では顔は見えないだろうし覚えていなくたって仕方ないことだ。

「だそうだ。悪いが、うちのペットも傷つけられてるし帰ってくれないか。お前が大人しく帰ってくれたらなかったことにしてやるからさ」

俺がそういうと男は悔しそうに、

「くそが！」

と言いながら踵《きびす》を返した。情けない奴だ。俺は念《ねん》の為《ため》、男の姿が見えなくなるまで音奏のそばで警戒をする。

「ねぇ、よかったの？」

「何が？」

「タダで帰して、だってシバちゃんが」

「あぁ、シバなら大丈夫。俺の命令なしでは人間相手に物理的な危害を加えられない契約になっているだけだ。シバはドラゴンより丈夫だから問題ない」

「そ、そっか。どうせあいつは開示請求されるしね。穏便にすませてくれてありがと」

「いいや、アイツ。死ぬよ」

「えっ？」

「だから、アイツ死ぬ」

俺は音奏の手を引っ張って、ストーカー男の後をこっそりと追った。

＊＊＊

「ねえ、なんで死ぬってわかるの？　あの人、ここまで単独でたどり着いた猛者《もさ》だよ？」

「音奏、犬神って知ってるか？」

「シバちゃんのこと？　ワンちゃんの神様的な？　モンスターだよね」

「まぁ、ワンちゃんの神様ではあるけど、犬神ってさ大昔の日本では呪術につかわれてたって」

俺は音奏にスマホで検索するように言った。

「ほんとだ〜、平安時代？　紫式部！」

「そうそう、犬神はわざと犬を可愛《かわい》がって懐かせる。その後、その犬を首まで土に埋めるんだ」

「えっ」

「で、身動きが取れない犬の鼻先に大好物の餌を置く。犬は好物の匂いを嗅ぎながら食えない日々が続く」

彼女が「ひどい」と呟《つぶや》いた。

「そんで、犬が餓死する寸前に首を切り落とす。すると、犬の首は餌に食いつくんだ。その首を焼いてそれから人通りが一番多い場所に埋める。そうすると、怨念を強く持った犬神が誕生するって説があってだな。神様だけれど呪いとかそういうものに近いって考える人も多いんだよな」

「ひどい……」

「まぁ、シバはモンスターだから実際にそうやって作られたわけじゃないがこういうルーツがあるってこった」

「つまり、それがどうかしたの？」

音奏がそう言った瞬間、「ぎゃ〜〜〜!!!」と男の悲鳴が響いて俺たちはサッと岩陰に隠れた。

「アイツ、シバのジャーキー蹴散らしたろ」

「うん、あいつ私に襲いかかってきて守ってくれたシバちゃん蹴飛ばして……その拍子にジャーキーが散らばって」

「犬神のルーツなのかは知らないが、シバの食い物の恨みは必ず相手に不幸と死をもたらすんだ」

俺たちは男の方に視線をやった。男は雑魚《ざこ》モンスター〈オニアリ〉に囲まれている。

男は目のあたりを押さえてぎゃあぎゃあと喚《わめ》きながら剣を振り回している。

オニアリと言えば、ドラゴン系のダンジョンで一番弱いモンスター。基本的に冒険者の前に出てくることはない。食物連鎖の最下層ってやつだ。主にモンスターのフンや縄張り争いに負けて死んだモンスターの死骸を食ったりする。強靭な鱗を持つドラゴンのダンジョンの掃除屋であるオニアリは強力な酸で鱗や骨を溶かし、分解する。

「たとえば、オニアリの酸がたまたま目に入るとか」

俺は彼を助けようと弓を構えた。しかし、弦が突然バチンと切れてしまう。

「助けようとしても弓の弦が切れたりとか」

今度は男が振り回した剣がたまたま岩に当たって折れ、男の足に突き刺さる。

「い、いだい……たすげて、なんで俺が……こんな雑魚に」

無様に転がったあと動脈でも切れたのか足から血が噴き出している。その血にオニアリたちが群がり始め男は体中を掻《か》きむしった。見開いた目はオニアリの酸で溶かされて真っ赤に染まっている。

「たまたま、アリに食われる地獄の苦しみを味わった後に……ここのフロアには滅多に出ないはずの〈ヤツザキワニ〉がやってきて四肢を食いちぎられるとか」

アリを蹴散らしてやってきたでかいワニが男の腕や足を食いちぎっていく。男はぎゃあぎゃあと喚いていたがしばらくして動かなくなった。再びオニアリが彼に群がり、巣の方へと残骸を運んでいった。

ざっと15分、多くの不幸と地獄の苦しみが彼を襲った。彼は年間数万人の「ダンジョン内行方不明者」として処理され、誰の記憶からも数年で消えるだろう。

「うっそ……」

「ま、アホなストーカーには相応な結末だな、帰るぞ」

「うん……」

「悪い、嫌なもん見せちゃったな」

「いいの……腕、強く握られて怖くて、でももうストーカーいないんだよね」

ぎゅっと彼女が手を握ってきたので、俺もそのまま握り返した。

「シバちゃん、すごいんだね」

「そ、だから俺もあいつのメシが一番優先なんだ。親父《おやじ》の代からシバにうまいメシを毎日食わせるっていう契約でテイムしてるんだから」

「うぅ、怖かったぁ」

「はいはい、帰るぞ～」

（やべ～、カッコつけちゃったけど、あんなん見たらチビるくらい怖かった……）

＊＊＊

俺はドラゴンの種火とドラゴンの脂身で焼く、最高級のドラゴンステーキの料理動画を撮影し終わると、一部を切り取ってシバに食わせた。

鉄板の上でジュウジュウと焼けていくステーキ、その脂とバターを吸わせつつ醤油とこんがりニンニクで炊きたてご飯を炒《いた》めたガーリックライス。

「うわ～、お肉うまそ～」

音奏は当然のように俺の隣に座ると取り分け用の木の皿を手に取った。

「レア？」

「よく焼きでお願いします」

俺は自分用の肉を火加減の弱い場所に移す。俺はレアが好きだし。

「はいはい」

俺は鉄板の上のステーキをヘラで一口サイズにカットしてレアな断面をコロコロと焼いていく。

もったいないなと感じつつ、彼女のために手を動かした。

「あの〜、ガーリックライスは追いバターで」

「じゃあ、動画用の物撮りよろしく」

「任せなさいっ！」

音奏はスマホを構えると鉄板で焼けていくサイコロ状のステーキやらガーリックライスやらを接写する。俺もそれに応えるように追いバター、焦がし醤油で応戦。

じゅうじゅうといい香りが立ち、ぐぅと腹が鳴った。

さっき、死ぬほど嫌なもの見たけど、俺たちは空腹には勝てないようだ。

「カット。よーし、美味しそうな動画撮れたぁ。ねぇ、岡本くん。ドラゴンの最高級肉いただきましょ！」

「だな」

音奏のプレートにはガーリックライスに追いバター、コロコロになったよく焼きのステーキが盛られ、いわばサイコロステーキ丼である。

俺の方は一枚肉のステーキとガーリックライス追いバターなしで調整。

「いっただきまーす！　あちぃっ、うまっ」

はふはふしながら彼女はサイコロステーキを頬張り、ガーリックライスをかきこんだ。おいおい、女の子としてどうなんだ？　と突っ込みたい気持ちもあるが、ストーカーに悩まされていた時、あんまり食欲なかったもんな。

やつが死んだ安心感で反動がきているのかもしれない。ま、俺はそういうの気にしないタイプだし。

なんてことを思いつつ、俺もドラゴンのステーキを一口。あの見た目からは想像がつかない柔らかさ、クセのないジューシーさと少し甘い脂。ドラゴンの肉は高級和牛の霜降り肉に匹敵すると言われるだけある。

「そうだ、なんで種火で調理する必要があるの？」

「ドラゴンの種火は高火力かつ肉を焼くのに適した炎なんだ。ほら、ドラゴンの攻撃手段だろ？　ま、自らの肉を焼かれるとは皮肉なもんだけどな」

「へぇ～、牛ステーキに牛脂みたいな？　とんこつラーメンに背脂、みたいな？」

「ちょっと違うけど、まぁそんなとこだ。それでいて、希少なものだから余計にうまく感じるのかも」

肉と米、にんにくと醬油にバター。最高すぎる……。

「そういえば、岡本くんって収益化した？」

「収益化？」

「そうそう、登録者が１５００人以上で動画とかアーカイブの総再生が５００時間いくと収益化？ってのができてお金稼げるよ～」

そういえば忘れてた。

配信者は配信中の投げ銭だけでなく、動画の広告収入を毎月もらって生活している。その他、音奏なんかは宣伝なんかもしてスポンサーもいるようだ。

「忘れてた……そういえば通知が来ていたような」

「おっ、じゃあ配信でごはんデビューだね？　次の配信からは投げ銭解禁だっ。おめでと～！」

プシュッと開けた缶ビールを俺に渡し、無理やり乾杯すると嬉しそうに微笑んでビールをぐびぐびと彼女は飲んだ。

――俺、もう働かなくてもいいんだな。まじで。

「ありがと」

俺はひんやりしたビールを流し込み、口の中をさっぱりさせる。うまい。

＊＊＊

その夜はいつも通り音奏がテント、俺が外でシバと一緒に眠って過ごし、朝一番で俺たちは撤収した。

チャンネルの収益化も無事に済んだし、次の配信からは少し楽しみだ。ま、俺みたいな男に投げ銭をくれる視聴者がいるかどうかは謎だけど。

「じゃ、この辺でいいか？」

「へっ？」

俺が車を止めたのは音奏のマンションの前。俺も収益化でザクザク稼いだらこのくらいのいいマンションに住めるのかな。

そしたら毎日もっと良《い》いキッチンで料理してもっとバズって……シバにも部屋を用意してやれるかもしれん。冷暖房完備の。

「ここ、音奏の家だろ？」

「でも、私は岡本くんの家に……」

「ストーカーの野郎は死んだんだ。もううちに泊まる必要ないだろ？　それに、長く家を空けすぎるとカビるぞ」

「えぇ～ん。じゃあ、またね」

「はい、じゃーな」

俺は彼女をしっかり見送ってから自宅へと戻った。久々の1人（と1匹）の時間。ここ1週間ほど色々と我慢してきたし、DMでも見てスッキリするかな。まずはシャワー、それから……。

「英介、骨炙《あぶ》って」

「ん、いいぞ」

俺はガスコンロに火をつけると持って帰ってきたドラゴンの骨を軽く炙る。なんでこれが好きなのか俺には理解できないが、サーモンを炙る感覚なんだろうか？

「熱いから気をつけろよ～」

「サンキュ」

シバは嬉しそうに骨を咥《くわ》えると自分のベッドの方へポテポテと歩き、伏せの体勢で骨を齧《かじ》り始めた。トースト色のお尻が非常にかわいい。

俺はスマホで写真を撮ると軽くモザイク処理をしてからＳＮＳに乗っけた。シバの人気にも助けられてるってわけだ。

「さて、シャワーシャワーっと」

洗濯機の前でパンツ一丁になり、タオルを手に取る。会社に行かない分暇だし、筋トレでもするかな。いや、シバを連れてジョギングでもいいな。

なんて自分の腕の筋肉を見ながらぼーっと考えていると、アパートの階段をカンカンと駆け上がる音、そして……。

「お〜っす！」

玄関の扉が開いてついさっきまで一緒にいた女が手をあげていた。

「岡本く〜ん、きちゃった。ってきゃ〜、積極的〜！」

勝手に入ってきて勝手に照れる音奏。彼女の手には満杯に膨らんだコンビニのレジ袋。

「お昼ご飯一緒にたべよ〜！」

「あ〜、はいはい」

「やった、じゃあお邪魔しまーす」

最近、毎日来るんだよな……。

俺は満腹でご機嫌なシバの背中を撫《な》でながらちょっとした悩みを吐露した。

というのも、ほとんど毎日音奏がやってくるのだ。まぁ、別に若くて可愛い女の子が部屋に来るなんて幸せなことだが……なんというかありがたみがすり減ってきたような。

「手、出さないからだろ？」

シバ様の言う通りである。

「いや、出したところでよ。なんというか、俺って結婚とかそういうの向いてないような気がするんだよなぁ」

なんというか、くっつかれすぎると離れたくなるというか。確かに彼女は可愛いし俺なんかにはもったいないくらい上等な子だ。歳も20歳、世の中の男のほとんどが好きだろう。

「シバ、キャンプ行くか」

「おっ、音奏は？」

「今回は俺１人だ。そうだなぁ、最高のハチミツでも採りに行くか？」

シバは立ち上がるとプルプルと尻尾を振った。

「オレ、それ好き」

「よし、決まりだな」

早朝７時。まだ音奏はすやすや眠っているであろう時間に俺は車に乗り込んだ。

＊＊＊

群馬県嬬恋村《つまごいむら》にあるダンジョンに俺たちが辿《たど》り着《つ》いたのはお昼を過ぎた頃だった。名産のトウモロコシを犬用に茹《ゆ》でてもらい、車の中でシバが食っている。俺もキャンプ中に食べるために何本か購入した。

「さて、今回のキャンプ地は中層にしますか」

俺はいつも通りダンジョンに入ると、さっさとキャンプできそうな平地を探してテントを設営する。

「よし、1人の時間を楽しむぞ！」

俺はテントの中で読書をしたり、コーヒーを飲んだり思う存分デジタルデトックスをする。

バズって、配信者を始めてからこういう時間ってなかなかとれなかったもんな。やっぱり、ソロキャンはいい。

今回のお目当ては「透明蜂のハチミツ」である。読んで字のごとく、透明化できる特殊な蜂（モンスター）が集めたハチミツで、このダンジョンに生えている特殊な花の蜜から作られている。

まぁ、これが死ぬほどうまい。

「そんでもって、そのハチミツを狙っているのは俺だけじゃないと」

このダンジョンはSS級。ハチミツがあるフロアには「金属熊《メタルグリズリー》」と呼ばれる凶暴なモンスターが巣くっている。

この金属《メタル》と頭につくモンスターは基本的に鋼鉄……それ以上の硬さを誇る皮膚を持ち、攻撃が通らない。さらには魔法耐性がありほとんどの魔法道具も効かない。

体力はないが素早く凶暴で非常に倒しにくいモンスターだ。

――まぁ、その防御力を上回る攻撃力とスピードがあれば問題はないんだがな。

「シバ〜、配信始めるぞ」

「おうよ」

俺は賠償金で買った透明飛行型《ドローン》カメラを起動する。

「どうも、岡本英介です」

俺は少しずつ慣れてきた挨拶をしつつシバを抱き上げて絵面が持つように努力した。シバは舌をだし犬版の笑顔でカメラにサービス。

〈収益化おめでとうございます！　まるこさんが1万円の投げ銭をしました〉

〈がんば！　ほめさんが520円の投げ銭をしました〉

〈おっ、どこのダンジョンだ？〉

〈いいね、本体かわいいな〉

〈ワンパン待ってます！〉

「えっと、投げ銭ありがとうございます。まるこさん、ほめさん」

そうそう、こうやって名前を読んでみると……。

俺の予想通り投げ銭がじゃんじゃんと入ってくる。

やばい……もう数万円超えたんじゃないか？　会社員の何日か分を数秒で稼げるなんて……やっぱ配信者ってすげ～！

「今日は金属熊のダンジョンに来ています。透明蜂蜜の採取をしようかと」

〈メタル系キタ～～！〉

〈ハチミツ目当てなの最高〉

〈殺戮《さつりく》目的じゃないのほんと平和ですこ〉

〈まさか蜂と熊だらけのダンジョンでキャンプしてるの……か？〉

〈岡本くん強過ぎてモンスター寄ってこないから大丈夫〉

〈生態系の頂点で草　ウェイさんが５２０円の投げ銭をしました〉

〈コラボお願いします！　ケント配信垢《あか》が１１０円の投げ銭をしました〉

〈ケント消えろ〉

〈うっざ〉

反応も上々だな。

ケント配信垢ってなんだ？　まぁ、いいか。

「では、最深部に潜っていきたいと思います！」

久々のソロキャンプ！　収益化後初の配信！　しかもみんな大好きメタル系！　これで俺も一人前の配信者だな。

俺はチラッとスマホを見た。音奏から着信があったがそっと閉じる。

俺は久々のソロキャンプを満喫しようとスマホをポッケに押し込むと大きくなったシバにまたがった。

メタル系のモンスターというのはとにかくすばしっこい。

だが、正直いうと満月黄金兎の方が速いのでこれ式のこと何の問題もない。

「では、金属熊《メタルグリズリー》を討伐し透明蜂蜜の採取を行っていきたいと思います！」

金属熊は大きな図体《ずうたい》にメタルでできた皮膚。そして鋭い爪と牙を持ち、その素早さと硬さを武器にするSS級のモンスターだ。

対峙《たいじ》した瞬間、奴は俺に斬撃を繰り広げつつ逃げの体勢に入る。

飛んでくる爪の斬撃を避《よ》けながらすばしっこく走り回る奴に俺は狙いを定める。

メタル系の急所はどれもこれも「脳天」だというのは周知の事実。というか脳天をぶち壊さない限りメタル系は倒すことができない。

急所である脳天に当てられないと、持久戦になって冒険者は絶対に敵《かな》わない。

俺が弓を引き絞り、狙いを定めると奴は殺気を感じたのか身を翻す。俺はそれでも気にせず矢を放った。

俺が放った矢は金属熊の後頭部からそのまま脳天を突き破った。

「キュイイイイン」

と機械音のような鳴き声をあげ、金属熊は大きくのけ反るとどさっと倒れた。急所を狙撃されないように後ろを向いたんだろうが無駄だ。

俺の弓はメタル系も貫通するし。貫通すれば入射口は脳天だろうが後頭部だろうがケツだろうが一緒だ。俺は奴の絶命を確認してからスマホを取り出してコメントをチェックしつつ報告をする。

「無事、金属熊は倒しました」

〈うぉぉぉぉぉぉぉぉ！〉

〈これはやばい〉

〈こんな倒し方するやつ初めて見た〉

〈メタル貫通芸ｗ〉

〈みさきさんが５万円を投げ銭しました〉

コメントと共に舞い散る投げ銭。それも読みきれないほどに……。

「みんな、チャリンありがとうございます。このままこの燻煙機《くんえんき》をつかって透明蜂蜜を採取します」

と言っても俺の蜂蜜採取にはみんな興味はなさそうだったのでサクッと終わらせて、金属熊の解体に移った。必要な素材を頂戴して後は自然の摂理に任せる。ボスの死骸は食物連鎖に飲み込まれ次の新月に新しいボスが出現する。不思議なダンジョンの摂理に感謝である。

「みんな、ほんとうにありがとう。では、次の配信か動画で！」

シバと一緒に手を振ってから配信を切ると俺はどっと疲れて座り込んだ。

「英介、疲れた？」

「うーん、ちょっと集中し過ぎたかも」

というか完全に怠けすぎである。前は会社に行ってピリッとしていた時間が、今は座って動画編集をしたりごろごろしたりに変わったのだ。もう少し頑張らないと。

「英介、疲れたなら乗れ」

「サンキュー」

俺はもふもふのシバの背中にまたがり、うつ伏せになって抱きつくようにして寝転がる。あぁ、ワンコのいい匂いだ。

＊＊＊

キャンプ地に戻って、俺は焼きとうもろこしとビールで一杯やりながらスマホを眺める。
シバは座ってとうもろこしをガリガリしている。
〈日本のトレンド〉
1位　岡本英介
2位　ワンパン
3位　本体かわいい
4位　岡本くん
5位　金属熊
トップ5は俺関連になっていた。結構話題になっているみたいだ。ちなみに投げ銭もこの配信だけで50万円以上……。たった1時間で軽く前の月収を超えてしまった！　配信者万歳……。

「まーたニヤニヤして、いいことあったか？」

「まぁな」

「そうだ、音奏は？」

「今日はソロキャンプって言ったろ？」

「でも、心配するぞ？　オレ、音奏好きだし」

シバにそういう言われると俺の中に少し罪悪感が湧いて、なんだか連絡をとった方が良い気がしてきた。

「そうだな。連絡してみるよ」

俺はスマホのメッセージアプリを開くと音奏に通話をかけた。

「もしもし」

「あっ、岡本くん。ひどいじゃんひどいじゃん、抜け駆けするなんてさっ」

「ごめんって、ちょっと1人でゆっくりしたくってさ」

「うん、なら言ってくれればいいのに」

「お前ついてくるだろ」

「そりゃ、一緒にいたいけど、岡本くんが1人がいいっていうなら我慢するよ？　何も言わずに連絡が取れなくなるほうが嫌だな」

「すまんって」

「いつごろ戻ってくるの？」

「今日の夕方かな」

「じゃあ、それに合わせて行ってもいい？」

「だから、たまには」

突然、通話が切られた。自分勝手なギャルめ。

「英介、ニヤニヤだな」

「んなっ、ちがっ」

シバがふんっと鼻を鳴らすと俺にケツを向けて丸くなった。

＊＊＊

俺はまっすぐ自宅に向かった。というのも、音奏のやつに勝手に部屋の中をかき回されるのはごめんだからだ。

あいつ、鍵のかくし場所知ってるんだよな……。信用しているが、男子のあれこれを見られるのはちょっと恥ずかしい。

――ギャルものが好きなんて言えない……！

車を駐車場に停《と》めて、アパートの階段を上がった時だった。

「すいませーん！　俺、ケントチャンネルのケントっていいます！　岡本英介さんですよね！」

廊下にいたカメラを構えた若い感じの男の子が俺に大声で話しかけてくる。

「は……？」

「コラボしてください！」

「え、えっと」

「すいません。もう帰らないと」

「いいじゃないですか～！」

「すいません、まじで」

「へ～、断るんだ。じゃあ、せっかくだし質問に答えてよ」

無茶苦茶である。そもそも初対面の少年とコラボできるほど俺はコミュ力が高くない。今だって何も言い返せてないぞ！

「いや、その……」

「虐殺して楽しい？」

ケントと名乗った少年は歪《ゆが》んだ笑顔を見せる。

「虐殺なんかしてないです」

「してますよね？　あなたは明らかに自分よりも実力のないモンスターを虐殺する配信をしてますよね？　殺す必要がないモンスターを殺して金を稼いでいる。恥ずかしくないんですか？」

ニヤニヤと笑いながらケントは俺が言い返すのを待っている。小学生の喧嘩《けんか》みたいな問いに答える必要あるか？

でも、こんな明らかに若い子を押し退けて転びでもしたらそっちの方が問題だ。

「俺は、冒険者です。モンスターを倒して素材や食材を調達して食べて生活をしているだけです」

「はぁ？　キャンプとかいってヌルゲーして虐殺してるだけだろ？　そもそもモンスター殺さなくてもカップラーメン食べればいいじゃん！　はい、論破！」

馬鹿にしたように舌を出すと彼は大声で、

「ここに住んでる岡本英介は弱いモンスターを虐殺していま～す！」

と叫んだ。

「お、おい！」

「事実を言っているだけでーす！　それともモンスター殺してないの？」

殺しているのは殺しているし、俺が「ワンパン」配信で人気を得ているのも事実だ。

「警察呼びますよ」

「別に～、呼べば？　名誉毀損で訴えられても金なら払ってやるよ～。お前みたいな、わざわざダンジョンに出向いてモンスター殺してお金を得ているような奴よりマシだし！」

早くこの場を切り抜けないと……。

一旦、警察に電話するか？　いや、でも俺も今実質無職だしな。くっそ……。

「とにかく、家に帰りたいのでどいてもらえませんか？」

「そうだ、あと一つ、岡本さんはリスナーを騙《だま》してますよね？」

「え？」

「ほらこれ、〈独身彼女なし男性のダンジョン料理　再生リスト〉ってあるけど、アンタ人気ギャル配信者の伊波音奏と付き合ってますよね？」

「は？　付き合ってねぇし」

「俺には証拠がありまーす」

とニヤニヤしながらケントはいうと俺の家のチャイムを鳴らした。反応はない。しかし、ケントは何度も何度もチャイムを鳴らす。

すると、当然の如《ごと》く扉が開き、音奏が顔を出した。

「あっ、岡本くんおかえり！　ってこの人誰？　私、動画の編集でヘッドホンしてたから気が付かなかった」

笑顔１２０％の音奏である。

「ほらね？　付き合ってるどころか同棲中！　岡本英介はガチ恋の女視聴者を騙して投げ銭させてました！」

「だから、音奏とは付き合ってないって」

と否定してみたものの、彼女は俺のTシャツを着ていたしメイクも薄め。なによりも俺の家から出てきたもんな。当然のように。

俺はもうパニックになっていたのか頭が真っ白になり始めた。

――これで人気がなくなる？

――アンチが大量に増える？

――え、夢の配信者ライフ終了なのでは？

配信者が一つの火種で一生を棒にふるというのはよく聞く話である。俺も音奏に配信のあれこれを教えてもらった時にそう言われたっけ。

「ってか、君誰？」

音奏がケントにそう言うと、ケントは「えっ」と若干引いた。その隙に俺はシバをかかえて彼を横を通り、自宅のドアの前にたどり着いた。

「ケントチャンネルのケントでーす！　コラボしてくれなきゃ暴露しちゃうからな！　で〜？　２人は付き合ってるんですか？」

「付き合ってません」

「将来的にはお付き合いする予定です！」

――音奏〜！

「はい、ガチ恋勢騙してるの決定〜！」

俺がパニックで絶望していたら、ガンッと大きな音がして俺の部屋の隣のドアが開いた。

「うるさい！　警察に通報すんぞクソガキが！」

だらっとしたスウェットにすっぴんだが非常に美人なおねぇさん。しかし、怒り慣れているのか声には非常に迫力がある。

隣の部屋に住む、夜勤明けの飲兵衛《のんべえ》看護師・高橋有紗《たかはしありさ》さんがケントを怒鳴りつけたのだ。

高橋さんはケントのカメラをぐっと押さえると顔が映らないように地面に向けた。

「いいか？　人の家の敷地《しきち》で勝手にカメラ回して大声で騒いでる馬鹿が何言っても、説得力なんかないんだよ」

「えっ、いや、それは」

押され気味のケント。そしてあまりの迫力に引いている俺。

「虐殺だぁ？　お前が着ている服のレザーは？　具合が悪くなったら飲む薬は？　お前が毎日口に入れてる全てはなぁ！　全部弱くて小さい多くの動物を犠牲にして成り立ってんだよ！　んなことも知らねぇで偉そうなこと言ってんじゃねぇよ！」

この人元ヤンなのかな……。こ、怖ぇぇ。

「で、でも弱いモンスターを殺すのは倫理的に……」

ケントが言い返すと高橋さんがクイッと片眉をあげる。

「は？　じゃあアパートに不法侵入して名誉毀損して勝手に撮影配信するのは倫理的にいいんだ？　ダンジョンの中は自己責任でモンスターを倒すことは法律には触れないけど？　犯罪してるやつが何言ってんの？　お前が倫理なんか語るなボケが」

まさに論破……！　高橋さんが怒鳴った数秒後、パトカーのサイレンが聞こえた。どうやら他の住民が警察を呼んだようだった。

「はい、あ〜、また君か」

警察官のおっさんはケントを見ると嫌な顔をして、彼を俺たちから引き離すと、配信を止めるように指示しアパートの敷地外へとつれて行った。それから、俺たちは簡単に聴取を受け、警察官は「どうも」と言って去っていった。

「あの、高橋さん。ご迷惑おかけしてすんませんでした」

高橋さんは長い黒髪を頭の上でお団子にし、灰色のスウェット上下で完全に寝起きの格好だ。少し性格のキツそうな美人。すらっと背が高くて顔が小さい。

「謝ってすむなら警察はいらないのよ。夜勤後のサービス残業、12時に帰宅して風呂入って寝入って4時間で起こされたんだから」

「いや、あのほんと」

「貸しなさいっ」

と言うが早いか高橋さんは俺の腕の中にいたシバを奪い取った。そのままシバを思いっきり抱きしめて頬擦りして……。

「シバちゃんっ、今日もかわいいでちゅね。もふもふしてるんでちゅか。あらまぁふわふわでしゅねぇ～。おひさまの匂いがしましゅねぇ～。お姉さんにちゅっちゅっさせてぇぇぇぇ。チュッ、チュッ～んふ～～」

もふもふ、ちゅっちゅっ。さっきまでの貫禄《かんろく》はどこへやら、デレデレの顔でシバを堪能《たんのう》する彼女。

そう、お隣の高橋さんはうちのシバの大ファンなのである。

「あら、シバちゃんっ。笑顔なの～？　かわいいでしゅねぇ～。あぁぁぁぁ」

シバの胸に顔を埋《うず》めて犬吸いをし始める彼女。シバはこちらにこっそり振り返ってドヤ顔。

——何せ、シバは〈たわわ派〉である。

しっかり前足で高橋さんのたわわに触れている。このスケベ犬め。

高橋さんはダボダボのスウェットでもわかるくらいのたわわである。まぁ、夜中に酔い潰れて廊下で寝ていたり、すっぴんスウェットでどこでも出歩く系女子なので、色気を感じるわけではないが……。

「ぷはぁぁ……ま、岡本くんは悪くないしね～。気にしなくていいわよ。それに、冴《さ》えないリーマンだと思ってたけど、ヤルじゃん。音奏みたいなピッチピチの子捕まえて人気配信者になったんでしょ～？　隅におけないねぇ～」

満足げなシバを俺に寄越すと、眉を上げて俺を揶揄《からか》うように彼女は言った。当然の如く、音奏もニヤニヤしている。

「ま、あぁいう変な輩《やから》からちゃーんと音奏を守るのよ？　それから、たまにはシバちゃんに会わせてよね」

ってか、音奏の名前……。

「もしかして、2人って知り合い？」

音奏と高橋さんが顔を見合わせて笑顔になる。

「友達！　この前、岡本くんの家に来た時、仕事帰りの有紗ちゃんとばったり出会って。たまーに飲みに行くんだよ～。ね～」

恐るべきコミュ力！　俺だってシバがいないと話すこともできないのに……！

「じゃ、私寝るわ。そうそう、ここ壁薄いから。気をつけてね」

「いやだから付き合ってないって」

バタンと高橋さんの家のドアが閉まった。なんというかこう、彼女はとても面白い人だ。

＊＊＊

「迷惑系配信者？」

音奏とコンビニ飯で一杯やりながら俺は配信についてのあれこれを学んでいた。

わざと人に迷惑をかけて再生数を稼ぐ奴らがいるらしい。

「そ。あのケントチャンネルはいわば無敵の人なんだよね」

「無敵の人ってあの無職とかで大量殺人とかする？」

「まぁ、そんな感じ。前科もたくさんあるし……けどスキャンダル系の配信だからか投げ銭とか広告とかで稼いでて罰金払って終わり。みたいな？」

「まじで無敵の人なんだな」

「そう、ムカつくことに逮捕されるような犯罪、暴力とか脅迫とかはしないんだよ〜アイツ。でっかいパトロンがいるとか親が太いとかなんかな〜？」

ふにゃふにゃのチータラを食べながら音奏が言った。ってことは、逆を返せば迷惑系で浸透しているあいつに何を言われても俺に影響はないってことか。

あぁ、よかった。

「焦った。あんなん人生で初めてだったから」

「あぁいう煽《あお》り系の輩は人気の配信者をカモにするから。洗礼ってやつかも？」

「洗礼かぁ、迷惑千万だな」

「まぁだからテキトーに流して警察呼ぶのがいいよ」

「だな、そのうち俺に飽きるだろ。あんまりしつこいようなら大人の対策を、だな。それまでは気にしないことにするわ」

　俺にはやつを懲らしめてやるちょっとした案がある。まぁ、あまりにもしつこいようなら……だけど。

「でも……」

　音奏がちょっと不満そうに頬を膨らませた。

「何だ？」

「将来的に付き合う予定って私が答えたのは……嘘《うそ》じゃないから」

　彼女はボッと顔を赤くすると「今日はもう帰る！」と荷物をとって玄関の方へと走っていった。

＊＊＊

「おう、今日も来てるから来ない方がいいぞ」

「え〜、また〜。ちょっと私もいい加減寂しいんですけど！」

「はいはい、まぁシバも音奏に会いたがってるし今日あたりアイツと話つけるわ」

「うん、追い払ったらすぐ呼んでよ？　ほら、ビールとおつまみもってく！」

「そりゃどーも」

「あとさ、次のダンジョンはどうする？」

「次のダンジョンだけど、もしかしたら音奏は連れて行けないかも」

「えっ～！　なんで？」

「次会った時話すよ」

鳴《な》り止《や》まないピンポン。

警察を呼んでも二日後には罰金を払って出てきてピンポン。

ケントチャンネルこと榊原《さかきばら》ケント（18歳）は迷惑系配信者として人気の若者だ。迷惑行動をSNSで発信して高校を退学。そのまま配信者になった。

こいつの視聴者はゴシップが好きだったり怖いもの見たさだったり、あとは悪い男が好きな馬鹿な未成年女子らしい。そいつらがこいつに貢ぎ……一人一人は数百円でもそれが数万人になれば変わってくる。

ネットというアングラな世界で、ある意味では成功を収めた男だ。

「あっ、岡本さん。コラボしませんか」

俺は夜7時に家を出る。鍵を閉めて彼を無視しながら足を進めた。

「どこいくんすか？　あ、やっぱ音奏ちゃんとヤリまくるんすか？」

無視する俺、スマホを構えるケント。

「もしかして、あのこわ～いお隣さんと浮気してるとか？」

やつは俺にリアクションを取らせようとあの手この手で攻めてくるが俺は無視をする。俺の目的は彼をある場所へ連れて行くことだからだ。

＊＊＊

俺がやってきたのは、地元ではちょっと有名な邸宅の前だ。

少し遅れて登場したケントはスマホを掲げて大声で俺に近づいてくる。俺は今までとは違って大《おお》袈裟《げさ》に顔を隠して嫌がった。

「やめてくれ！」

俺のリアクションをみてニンマリしたケントはさらに大声で、

「さぁ！　今日こそ」

「やめろ！」

「やめない！　これは全世界に配信されてまーす！」

とケントが声高らかに言った時だった。

――バコン。

俺の目の前にいたケントの顔がぐにゃりと歪み、彼は道路脇の壁のほうにぶっ飛んでいった。直後に現れたコワモテのスキンヘッドが俺に、

「兄ちゃん、あいつの仲間か？」

と問う。俺は当然「知りません、突然顔を映されて困ってるんです」と返した。

「そうかい、最近多いんだよなぁ。こういう配信者？　ってやからガァ」

外国人だろうか？　非常にガタイがいい。この前倒した金属熊くらいある。

スキンヘッドはケントのスマホを踏み潰してドブに蹴り落とすと、歯が折れて血を吐いているケントに歩み寄り、胸ぐらを摑んで無理やり立ち上がらせた。

「おい、クソガキ。ここはなぁ、俺らのシマなんだよ。配信なんかされちゃ困るねぇ」

男の仲間がわらわらと集まり、ケントを取り囲んだ。

「お兄さん、こっち」

俺はご近所さんに呼ばれて、さっとケントたちから離れた。

「お兄さん、最近強くて有名な人だよね？　俺、知ってるっすよ。いや〜、災難でしたね〜。彼女さんに怒られちゃう」

「いやほんとに」

ご近所のお兄さんはたまたまタバコを吸いにアパートの外に出てきただけらしく、俺にも一本進めてきたのでもらうことにした。

「暴力だ！　警察呼ぶぞ！」

「警察？　お前アホかぁ？　人の敷地の前で許可なく配信だぁ？　ざけんなよ」

ケントの罪は世間知らずだったことだ。ここは、地元では有名な海外マフィアのボスの邸宅の前である。無論、撮影なんかしてたらボコられるのは当然だ。

「……俺はただ」

「お前が騒いだせいで迷惑してるんだぜこっちは」

「そんな無茶苦茶だろ！　ぐはっ」

ケントが声を上げたが、スキンヘッドが鳩尾《みぞおち》に一発入れた。ケントはその拍子に嘔吐《おうと》し、スキンヘッドのスーツを吐瀉物《としゃぶつ》で汚した。

「あ～あ～、アニキの500万円するオーダースーツがぁ」

「俺の1000万円の腕時計も傷ついてやがる」

1人の男がわざとケントを高そうな黒塗りの車に押し付けて殴った。

「おいおい、俺の5000万の車が傷ついたぞ？」

「おい、クソガキ。どうしてくれんだ？　今すぐ払えないなら働いて返すしかないよなあ？」

ゲロを吐きながらブルブル震えるケント。いつもの憎たらしい余裕の表情は消えていた。そこに到着する黒塗りのバン。彼はそのバンに押し込まれて消えていった。

＊＊＊

俺を助けてくれたお兄さんはバンが見えなくなるまで見守ってからこちらへ振り返ると、

「いや～災難でしたね。この辺はマフィアとの関わりをバレたくない人も多いから、撮影なんかしたらあぁなりますよ」

「アイツ、どうなるんすかね」

「いや〜、うちら日本人と違って容赦ないんだよね。最近、賭博で負けたとかでイライラしてたんだよな。売られて一生外国で奴隷みたいな生活だろうね」

俺は、助けてくれたお兄さんに挨拶をしてその場をあとにした。本当は社会人の経験もないくせに大金を手にしたクソガキをちょこっとわからせるつもりだったが、アイツはちょっとやりすぎだったようだ。一生、その身を削って働き続けることになるだろう。

――きっと、あいつがいなくなっても誰も気にしないんだろうな。

俺は、タクシーを捕まえると音奏に「今から帰る」とメッセージを送った。

＊＊＊

「ただいま」

「おかえり〜！」

家に着くと、すでにきていた音奏に出迎えられた。1週間ぶりくらいか？　ピンポン地獄から解放されて今日はゆっくり眠れそうだと思ったのになぁ。

「勝利の祝杯といきましょうか！　ってかアイツどうやって懲らしめたの？」

音奏があいつの配信を見ていなかったことにちょっと安心しながら、俺は、

「多分、今後はどこかで真面目に働くんじゃないかな？」

とはぐらかした。

「へぇ～、あっピザとってい？」

「どうぞどうぞ」

「いぇ～い！　そうだ、今日はさ岡本くんに配信者の師匠として色々教えに来たんだ！」

音奏はコンビニで買ったらしい犬用ジャーキーをシバに食わせながら片方の手で器用にスマホをいじっている。多分、ピザを注文しているんだろう。

「色々って？」

俺は冷蔵庫からつまみになりそうなもんを取り出して皿に盛り、グラスと酒も取り出した。

冷凍の枝豆もチンする。

「ほら、岡本くん。ケントに凸《とつ》られた時動揺してたっしょ……？」

――恥ずかしい……。

知らないやつに突然カメラを向けられて、ちょっとドキドキするようなことを追及されて俺はかなり動揺した。冷静に考えればなんでもないことでも、咄嗟《とっさ》のことに判断が利かなくなったのだ。

強いモンスターと対峙するのは平気でも、元勤め人の俺は「社会的な死」や「恥」にはめっぽう弱いらしい。

「ま、まぁな」

「でしょ？　でもさ、これからもっと有名になっていくに連れてさ、悪意のある人たちに触れることは多くなるからさ」

音奏はプシュッとハイボールの缶を開けるとグラスに注いだ。俺はビールを開ける。

「悪意？　この前のアンチしてたストーカーみたいな？」

シバの呪いで死んだ彼のことだ。

「うーん、アンチとかストーカーだったらまぁ無視したりブロックすればいい話だから簡単なほうだよ」

「アンチが簡単……？」

「そ、あぁいう人たちは別に無視すればいいの。むしろ、無視してれば勝手に再生回数を増やしてくれるからまだマシ。それにファンから見ても明らかにアンチならそいつの意見なんかファンも無視するから」

なるほど。

確かに、俺ら配信者は投げ銭だけじゃなく動画の再生回数に依《よ》っても広告収入をもらっているからアンチであっても価値があるということか。

「まぁ、鬼パワハラされてた俺はアンチくらい大丈夫だよ」

音奏は「そうね」と笑うと、俺にぐっと近寄ってきて、

「でも、本当に注意しなきゃいけないのは……悪意のないネガっていうか……正義ぶってこっちの不利益になるようなことを言ってくる人たち」

「難しいな」

「難しいよねぇ～。例えば、指摘のフリしてゴリゴリメンタル削るようなことを言ってくる人とか……。そういえば、この前ケントが言っていた虐殺とかもその類いだよね。確かに岡本くんは強いけどモンスターとは命をかけて戦ってた。なのにそこを見ずに虐殺って騒ぎ立ててさ」

「なるほどなぁ。ケントが虐殺と言ってから俺の動画のコメント欄には実際に〈弱いモンスターばかり狙って可哀想《かわいそう》〉っての増えたもんなぁ」

「そうそう、その人たちはダンジョンではいつ何があるかわからないこと、岡本くんだって命をかけて戦ってることを丸々無視して、ただワンパンしてるから虐殺って決めつけて正義感振りかざしてコメントしてるわけ。自分は正しい！　指摘してあげなきゃってね」

うわ～。

確かにそう言われると、悪意のないネガって言葉がぴったりだ。

「そういうコメントが増えると、間違ってるのにバイアスがかかって他の視聴者まで引きずられるしな」

「そうなの。普通に楽しんでる人たちまで引っ張っちゃうんだよね～、ほんと迷惑。ものの本質も見ないでさ」

「むしろ、そういうコメントしてるやつは俺のためを思ってした間違った指摘で、こっちのメンタル削ってくるって感じだな」

「そ、つまり何が言いたいかというと……コメントや視聴者の評価を気にしすぎるな！　ってこと」

無茶苦茶である。

「え？」

「あ～、うまく言えないけど。配信者をやるにはメンタルをもっと強く持たないと！　ってこと。ファンが増えれば増えるほどアンチとかファンチも増えるから一個一個見ているとメンタルやられて続けられないからさ～。岡本くんらしくマイペースにね！」

ドアのチャイムが鳴って音奏は「は～い」と我が物顔でピザを受け取りに行った。俺はずっと心の中に溜《た》まっていたものがスッと落ちて行く気がして、ぐいっとビールを飲み干す。

虐殺と言われた件はちょっと自分の中でも気になっていたのだ。

〈この人の実力がわかったら確かにアリを踏み潰してるのを見てる感覚になった〉

〈確かに、すごいと思ってたけど実力あるのに弱い魔物倒してるのは虐殺に値するのでは？〉

〈冒険者のくせになんで弱い相手に舐めプしてるのか意味わからん。強くてもっと価値のあるやつ倒しに行けよ〉

〈もっと稼げばいいのに〉

俺はずっと頭の中に残っていたコメントたちを振り払う。大好きなキャンプをやめてしまおうと思った自分をここで捨てておこう。俺は俺のままでいいんだ。

「あちちっ、期間限定タコマヨ！　と音奏カスタムテリタマ！　それからハッシュブラウンとシュリンプもあるよ！　食べよ食べよ～！」

音奏が持ってきたLサイズ2枚と大量のサイドメニュー。ピザ1人1枚換算……？

「こんなに食えねぇよ？」

「あら、察しが悪いのね」

とセクシーな声に振り返ると、高橋さんが腕を組んでこちらを見下ろしていた。

「じゃじゃーん、今日はケントさよなら祝勝会！　ということで有紗ちゃんもお招きしました～！」

「お邪魔するわよ。わぁ～、おいしそ～！　うちのワイン持ってきたから後で開けましょ」

手際よく取り分ける高橋さん。音楽をかけ始める音奏。俺は会社員時代には絶対経験できなかったであろう光景を見ながら少し嬉しくなった。

凸られて悪意に晒《さら》されてパニクって、少しだけ配信者として成長できたような気がする。

４章　俺、配信を切り忘れる

「なるほど、確かに頃合いかもね？」

音奏《めろでぃ》は今日も今日とてうちに入り浸っている。というか、どうせ一緒にいるなら彼女の部屋の方がいい気もしているが、このボロいアパートの居心地が良《い》いと言って聞かないのだ。

「ワンパンのんびり配信にもそろそろリスナーが飽きてくる頃だよな」

そう、俺は今まで基本的にキャンプができるレベルのダンジョンに入って、料理に使うモンスターを狩ってきた。

あまりにも余裕でSSS級のモンスターを倒すので話題になったが……それもなんというか鎮火気味だ。

「確かに、そもそも配信者でＬ級のダンジョンに入るのは本当に一握りだよね」

Ｌ級というのはSSS級の上のクラスで、Ｌ級は１～１００までの階級式になっている。ちなみに、俺が最後に受けた階級試験はＬ20、大学生の時だ。つまりはＬ20のダンジョンまでだったら多分死なずに帰還することができる。

「まぁ、Ｌに入るのはガチの冒険者が多いからな。というか配信できるほどの余裕はないというかなんというか」

「そっか、でも岡本《おかもと》くんなら余裕だよね？」

「ワンチャン、Ｌ10くらいまでならキャンプできるかもしれん」

「えぇ～！　それは異次元すぎるよ！　やばすぎるよ！」

環境を選べば……だけどな。とはいえ、キャンプは俺が楽しいからしているのであって別にリスナーが求めている訳ではないし。無理にしなくてもいいような。

「じゃあ、次のダンジョンはＬ級で決まりだね！　映えそうなモンスターさがそーっと」

「なぁ、音奏」

「何？」

「Ｌに行くのはいいんだけどさ」

「うん、何？」

「お前は入れないぞ」

「えぇっ？　なんで？」

「お前……まだSS級だろ？」

「あっ……」

音奏は雷にでも打たれたような衝撃だったのかショック過ぎて白目を剝《む》いた。

「このままだと俺たちは一緒に行動ができないわけだ」

出会った時Ｓ級だった音奏はこれまでの間にSS級認定を受けたが、SSS級になるための条件は達成していない。

冒険者の階級認定はSS級までは自己申告でＯＫだが、SSS級への昇級は物証が必要になる。

物証に関してはなんでもよくて、配信者であれば討伐配信動画だったり戦利品であったり。

「Ｌ級からはダンジョンへの探索申請が必要になるからさ。SS級のままだと多分、音奏は許可下りないぞ」

「それ……ま？」

「あぁ、まじだ」

「じゃあ、私もＬにならないとダメってこと？」

「いや、Ｌ～Ｌ５までならSSS級でも俺がメインなら帯同はできるはず」

「ムズカシ」

「お勉強からするか？」

「しないい～、たすけて～」

「つまるところ、物証をとってきてSSS級になれば俺と一緒にＬに入れるってことだ」

「それって、私にSSS級のモンスターを倒せと？」

「そうですよ、お嬢さん」

「うぅ……がんばる」

「ま、俺はどうせSSS級のダンジョンでキャンプする予定だし、音奏も一緒にきてモンスター倒せるように頑張ればいいさ」

「岡本様……それは本当ですか」

「本当です」

「え～ん、ありがと～」

ぎゅうぎゅうと抱きつかれながら俺はちょっとだけ心配になる。L級のダンジョンといえば、当時最強と呼ばれていた俺の親父《おやじ》が死んだ階級だったからだ。

――そもそも俺は命をかけて金を稼ぐのが嫌で社会人やってたんだよなぁ。

と矛盾を感じつつも、自分を応援してくれる50万人くらいのチャンネル登録者たちの期待に応えたいという気持ちが上回っていた。強いダンジョンに潜るためには強い仲間が必要だ。

「なぁに？　じっとみつめて～」

音奏はちゃらんぽらんに見えて結構筋はいい。魔法石を使ったステッキで魔法攻撃をするのも俺と違うタイプで相性はいいと思う。それに、少なくとも俺は音奏をかなり信用している。

「音奏……頑張れるか？」

「岡本くんとL級行くためだもん！　がんばるっしょ！　禁酒もする！」

「よし、じゃあキャンプ配信も兼ねていくつかのダンジョンで昇級に必要な物証とりに行くぞ」

「やった～！　頑張る～！」

「んで、まずはその衣装だが……チェンジだ」

「え～！　かわいいのに～！」

「配信するにはいいかもしれんが、その腹出しミニスカじゃまともにL級以上のモンスターとは対《たい》峙《じ》できないぞ」

「えぇ〜」

「酸性のスライム、溶解性の毒液を吐くアリ……普通に雑魚モンスターに殺されるぞ」

音奏はお腹《なか》が派手に出た衣装を見てゾゾッと身震いした。

「岡本くんだっていつも黒いTシャツに普通のスラックスじゃん」

「これは俺が大学生の時にL15のダンジョンで狩った鎧《よろい》蛾《が》の繭《まゆ》を使った特製の装備だよ」

「まじ？」

「まじ。だからSSS級までのモンスターに噛《か》まれても傷ひとつつかない。そして何より洗濯機で洗濯可能だ」

「自慢するところそこじゃないよ〜！　ってか岡本くん会社員なんかしなくてもそんなところに入れるなら大富豪じゃん！　意味わかんない！」

「俺、ダンジョンで親父が死んでさ。確かに子供の頃はちょっと裕福だったけど、裕福さの代償にいつも死が隣にあるのにすごく抵抗があったんだよな。なんというか、冒険者って保険とかないだろ？　だから母ちゃん苦労してさ」

「そ、そっか。なんかごめん」

「気にしなくていい。結局、今は冒険者やってるんだしな」

音奏は俺の黒いTシャツとスラックスを手に取ってもにゅもにゅと触りつつ、ちょっと複雑そうな顔をする。

「私、一応配信者だし……私のファンは露出も求めているというか……」

「俺としては腹も足も出す必要ないと思うけど……」

彼女の戦い方は遠距離だから、格下のモンスターであれば回避前提。そのため多少の露出をしても問題ないだろう。その上、女配信者という立場なら視聴者からある程度の可愛《かわい》い衣装や露出が求められるのもわかる。ただ、普通に危険なのでやめた方がいいと思う。

「えっ……それってもしかしてソクバク……？」

勝手になにやら勘違いして顔を真っ赤にしている音奏。

「いや、それはだな……」

「わかった。岡本くんがダメっていうならダメだよね！　私衣装変える！」

＊＊＊

音奏を連れてきたのは俺が得意先にしている装備ショップだ。

「かわいい〜、ハスキー犬？」

音奏が指差した看板にはデフォルメされたハスキー犬が描かれている。

風間《かざま》装備店は、社会人時代からモンスターからドロップした諸々を加工してもらっている馴染《なじ》みの店だ。俺の場合は自分で持ってきたものを加工してもらっているが、加工済みのものも販売している。

「いらっしゃい、おっ。有名人のお出ましだ」

と言いながら店主の風間さんはシバに犬用の骨型クッキーを食わせてくれる。店主の風間さんは俺と同じくらいの年齢で店を継いだ真面目な男で大の犬好き。看板のハスキー犬も代々風間家でテイムしているウルフ系モンスターをモデルにしているらしい。

俺は「すんません」と軽く頭を下げつつもご機嫌なシバの背中を撫《な》でた。

「おや、彼女ちゃんかい？」

「こんにちは！　伊波《いなみ》音奏です」

「かわい子ちゃんだねぇ。矢の加工かい？」

「いいや、今日は既製品を買いに。えっと、彼女の」

俺は風間さんに事情を話し、案内されて店の奥の商談席に腰をかけた。

「なるほど、遠距離型の冒険者だから回避を前提としつつも丈夫な装備ねぇ」

風間さんは「ちょっと値は張るけど、鎧蛾の繭をついこの前仕入れられたから大丈夫だよ」と申し訳なさそうに言った。

「あの……お値段は大丈夫なんですけどカラーとかって変えられますか？」

音奏の質問に風間さんは目を丸くした。そりゃそうだ。彼が提示した値段は５００万。ギャルがぽんと払える様な値段ではない。

「え、えっと一応カラーを選ぶことはできるけどさらにお値段かかるぜ？」

「いいんです。私も配信者なので可愛さが重要というか……」

風間さんは「ちょっと失礼」というと立ち上がって奥にある階段をあがっていった。たしか、2階と3階は居住スペースになっていたはずだ。

「ってか、500万ぽーんと出せるのすごいな」

「そりゃ私、配信者歴結構長いし。それに岡本くんがバズったおかげで広告案件とかも増えたんだよね～」

そういえば、俺も収益化したから来月から広告収入が入るんだっけ。ちょっと楽しみだ。

「お待たせ、伊波さんは初めてかな。家内の美彩《みさ》です」

風間美彩さんはにっこりと微笑《ほほえ》むと音奏の向い側に座って分厚いパンフレットを広げた。

「ごめんね～、うちの旦那話がわからない堅物で。音奏ちゃん。私が最高の装備品を作ってあげる。彼氏くんの要望通り露出を少なめにすることになるけど、可愛いのが作れるわ。それに、お値段も……タダ！」

「えっ？」

「へっ？」

「おまっ」

その場いる美彩さん以外の全員がのけぞった。

「お前、鎧蛾の繭なんて滅多に手に入らない代物で、あれを買い取るのにうちは450万も払ったんだぞ……？」

「アンタってほんとボンクラよね。装備品を加工する才能はあっても商才はないっていうか……」

ガーンと頭でも殴られた様に風間さんが項垂《うなだ》れる。風間夫婦は俺と同じくらいの年齢だがまるで熟年夫婦だな。

「ってもよぉ」

「音奏ちゃん。とびっきり可愛い衣装を作ってあげるから、胸の一番目立つところにうちの店のロゴ、入れさせてくれる？」

可愛くデフォルメされたハスキーのロゴをみてテンションが上がる2人。俺と風間さんはすっかり蚊帳の外だ。

「岡本くん、俺らは店に戻りますか」

「そうしましょう。そうだ、俺も矢をいくつか買おうかな」

「おっ、そういえばいいのが入ってるよ。見ていきな」

俺と風間さんは商談席を立つと店内に戻った。音奏と美彩さんは大盛り上がりであれも可愛いこれも可愛いと楽しそうに話している。

もしかして、美彩さんも元ギャルだったりして……。真面目な堅物男とギャルかぁ、なんかいい夫婦だよなぁ。

俺は音奏が満足いくまで店内を見て暇を潰すことにした。

＊＊＊

「じゃじゃーん！　可愛いっしょ！」

と目の前で手を広げてくるくると回ってみせたのは新しい特注衣装を身につけた音奏だった。

露出を抑えても可愛く見せるためか和のテイストを取り入れているらしい。折り重なったような着物風の白いトップスはきゅっとリボン風の帯でウエストが絞られている。動きやすいように軽くフレアになったスカートはまるで女子大生の袴《はかま》のようだ。しかし、足元はしっかりとブーツで動きやすく……。

「可愛い……」

忖度《そんたく》なしに可愛い。センスがいい、露出をここまで抑えたのに全男性に刺さる可愛さ……。

「髪型もハーフアップにしたんだ～、清楚《せいそ》っしょ？」

ギャルが清楚系の服を着ているという感じではあるがそれもまたいい。風間さんの奥さん、強い……。

「胸元のワンちゃんも可愛いし、私これ気にいっちゃった！」

音奏が動くたび袖がひらひらと揺れ自然と目で追ってしまう。淡い色づかいも生地の加工もなんというかセンスの塊。

「そうそう、ステッキも新調したんだよ～。魔法石の自動入れ替え機能付き！」

ステッキも魔法少女から魔術師感のあるシックなものに変わっている。こっちは風間装備店のチャーム付き。あの奥さんは商売がうまいな、全く。

「ねぇねぇ、写真撮って！」

数分後、撮影を終えて音奏は満足したようにソファーに座った。

「#風間装備店、#ぴーあーるっと。よーし、美彩ちゃんとのミッション1はこれで達成っと。岡本くん、ありがと。じゃあダンジョン行こっか！」

数分の間に何十枚も連写させられて俺はぐったり。インフルエンサー恐るべし。

「岡本くーん、早く早く！」

「はいはい、シバ、いくぞ」

シバを抱き上げると彼は珍しく俺の方を見上げフンフンと鼻を鳴らした。さっき飯食ったばっかだよな？

「英介《えいすけ》、オレも新しい首輪ほしい」

「ん？　首輪か？　いいぞ。これからいくダンジョンでちょうど素材が取れるだろうしな」

「ほんと？　今日はどこのダンジョン？」

「あぁ、ほんとだよ。そうだな、伸び縮みする厄介なやつ。どんな柄がいいか考えとけ」

シバがぶんぶんと尻尾を振った。音奏のはしゃぎようが羨ましかったらしい。俺よりも随分年上であるが可愛いやつだ。

＊＊＊

「音奏～！　頑張れ～！」

俺は彼女とアルラウネの戦闘を見守っていた。もちろん、音奏のチャンネルで配信中である。

「いや〜！」

音奏は火属性の魔法石に切り替えたステッキを振り回しながら、必死にアルラウネの触手に応戦している。

「きゅぉぉおぉぉぉぉぉ！」

アルラウネはSSS級モンスターの中でも攻略が簡単な方。その触手が物理耐性が高く魔法耐性に弱いことから彼女の相手にうってつけだ。しなやかで切れにくい触手はさまざまな武器の素材になる。

さて、俺はピンチヒッターだしコメントでもチェックするか。

〈めろたんがんばえ〜！〉

〈岡本くんと配信するために頑張れるの健気《けなげ》可愛い〉

〈触手プレイ、エッなんですけど〉

〈岡本くんナイスアイデアかな？〉

〈めろちゃんねるだから本体映らなくて悲しい。本体を映してくれ〉

〈こいつらまさか……L級配信するつもりなんかな？〉

〈いや、流石《さすが》にLはないだろ。日本でも数人しかいけない階級だぞ〉

〈ってか配信者でL級にいったやつ未《いま》だかつていなくね？〉

あぁ、L級挑戦はまだ隠してるのにバレてるな……。ネット民の勘の鋭さは異常だな。

「いやぁぁ〜！」

なんてコメントに感心していたら音奏は片足を触手に摑《つか》まれて逆《さか》さ吊《づ》りにされている。

が、しかしアルラウネの触手のトゲ程度では彼女の装備は傷つけられないので特に怪我《けが》はしないだろう。

「音奏〜、焦るなよ〜」

音奏は足を摑んでいる触手の根本に火炎玉を飛ばし、解放されるとやっと臨戦態勢に入った。なるほど、彼女はパニックになるタイプか。デスゲームでいえば最初に見せしめで殺される系キャラってところだな。

「いいか〜、事前に勉強したんだ。しっかり弱点をつくんだ」

音奏はぬるぬるの触手から逃げるので手一杯。やはり、これではL級には連れていけないな。あと10分待って倒せないようなら諦めよう。

俺は現実的な考えを持ちつつ、コメントに視線を戻す。

〈めろちゃん弱可愛い〉

〈新衣装はあのゲームキャラにそっくりで可愛い、センスある〉

〈岡本くんの趣味かな？　えっちだね〉

〈はよ付き合えよ、いちゃいちゃするのが見たいんじゃ〉

〈でもこれじゃめろちゃんSSSにはなれないぞ！　がんばえ〜！〉

〈俺はケントの配信で出てきたお隣さん推し、主に胸〉

〈もうめろちゃんねるの視聴者ほぼ岡本くんのファンになってて草〉

音奏は愛されてるんだなあ。

俺も今度ちゃんと自分の配信のコメント読んでみよう。

「きゅおぉぉぉぉぉん！」

音奏の一撃を食らったアルラウネは大きく身をよじらせ、無茶苦茶に触手を振り回した。音奏のやつ、やっと冷静になったな。

アルラウネは無数にある触手のうち〈主触手〉と呼ばれる触手を燃やされると胸に大きな花を咲かせる。まぁ見ての通り、その花がやつの息の根を止める弱点なのだが……アルラウネは怒り状態になると、その弱点を隠すように常に触手で胸を覆ってしまう。

音奏が主触手を見破るまで数十分、うち受けた攻撃は5回。主触手を燃やすまで数分……これは筋がいいな。次はあの弱点を覆っている触手を燃やし、次の触手が来る前に胸の花を燃やせるかだが……。

「きゃっ！」

なんて思っていたら音奏は両足を触手に摑まれてまた逆さ吊りにされる。彼女の足にぬるぬるした触手が絡まり太もも、腰、胸まで触手が絡んでいく。

花を胸に咲かせ怒り狂ったアルラウネは音奏の顔に向け、大技の「酸性液」を吐き出すために全身の触手をうねうねと震わせ口を大きく開けた。

――まずい！　顔は！

俺が弓を構えた時、音奏の声がした。

「ひっかかったね～、いただくよっ」

音奏が左腕でステッキを振ると先端が鈍い光を放った。その瞬間、大きな火炎玉がアルラウネの胸の花に命中、アルラウネが絶叫する。そうか、大技を打つ前はスキが生まれる。

「ぎょぉぉぉぉぉぉお！」

「あちちっ」

音奏は触手から解放されると、火の粉を払うようにくるっと回ってカメラにピースしてみせた。

俺、こんなに心配性だっけか。大技前に隙ができることくらい俺だってわかっていたのに、彼女がピンチだと思ったら焦って頭が回らなくなっていた。

「SSS級のアルラウネ、撃破！　いぇ～い☆」

音奏は決めポーズのあと俺がカメラを下げたのを見て、こちらへ駆け寄ってきた。

「岡本く〜ん、怖かったよ〜」

と俺に駆け寄ってきた音奏を華麗に避《よ》ける。

「ちょ、なんで避けるのよ～ひどい～！」

「音奏自分をみてみ？　ぬめぬめだぞ」

彼女は俺に言われてからやっと自身がぬめぬめの粘液だらけなことに気がついて身震いした。そりゃそうだ。アルラウネに一瞬でも絡まれてたんだから。よかったなぁ、酸性の粘液じゃなくて。

「キャンプしてる場所の近くに湧き水があったろ？　そこで洗えば取れるはずだからシバ連れて先

に戻ってろよ」

「岡本くんは？」

「俺は採取してからあとを追うよ。ほら、アルラウネの繊維はいい素材になるからさ」

「は～い」

「あっ、そうだ。音奏」

「何？」

「お疲れ様」

「へへっ、ありがと」

音奏は「シバちゃん、いこ～」と声をかけると急ぎ足でキャンプ場の方へと戻っていった。

——あれ、俺なんか忘れてるような……？

＊＊＊

俺はアルラウネの触手から繊維を十分採取して、キャンプ地に戻った。透明飛行型カメラを脇に置いて、今日の夕食の準備を進める。

「いももち、いももち～！　今日はおいもパーティー！」

家で作ってきた2種類の芋餅を適度に解凍し、炭火で焼き直す。一方はじゃがいもの芋餅でもう一方はさつまいもの芋餅。

「お嬢さん、お好みは？」

「じゃがいも！　カレーパウダー！」

俺はオーダー通り、じゃがいもの芋餅にカレーパウダーをたっぷりかけてその上から溶かしバターを垂らす。カロリーの暴力……！

「はい、どうぞ」

「いただきまーす」

「ほら、シバはさつまいもな」

シバにはよく冷ましたさつまいもの芋餅（味つけなし）を食わせてやる。もちゃもちゃとうまそうに芋餅を食うシバ。後で歯磨き用の骨もあげないとだな……。

「ねぇ、岡本くん。ぶっちゃけさ、私どうだった？　完璧だったでしょ？　やられた演技とか油断させるところとか！　アルラウネは戦闘中に成長するモンスターだもん」

まぁ、それはそうなんだが……。

やっぱりここは相棒としてしっかり話してやるべきだよな。

「左手怪我してるだろ」

「えっ」

「隠してるけど手の甲に引《ひ》っ掻《か》き傷がある。最初に逆さ吊りにされた時、あいつの触手にかすった。違うか？」

音奏は余裕の表情から一変、芋餅を食うのをやめて俯《うつむ》いてしまう。

「うん……でも致命傷じゃないし」

「L級では致命傷になる。1滴の毒が取り返しのつかないことになったりする。だから、今回の戦闘では俺はSSS級への昇格を推薦できない。ごめん」

俺は音奏に頭を下げた。仲がいいからとか好きだからとかそういうことでは推薦なんてできない。死んでほしくないと思うからこそ彼女の希望には添えないのだ。

これで嫌われることになっても、それはもう仕方がない。

「うん……。そうだよね、私も1人で戦うのはこんなに難しくて怖いんだって久々に思った。余裕ぶって嘘《うそ》ついちゃったけど、最初は本当にパニックになってて、でもね。岡本くんとL級で配信したい、だからお願い、もっと頑張るから」

さつまいもの芋餅に透明蜂蜜をじゅわっと垂らし、ひと炙《あぶ》りする。一気に甘い香りが広がってほんのすこしだけ空気が和む。

「俺さ、音奏が大技くらいそうになった時に焦って頭が回んなかったんだよな」

「えっ」

彼女は驚いて芋餅を落としそうになって手づかみで食った。

「変だよな〜、普通ならあれはブラフだってわかるはずなのにさ。なんか助けないと！　って体が勝手に動いててさ。そん時思ったんだよな。音奏がピンチになった時俺自身が冷静でいられなくなる。大切なものを失いたくないから冷静じゃなくなって……俺がいくら強くても冷静でなければ……うまく言えないけど、そういうのってダンジョンでは命を落とす理由になりかねないから」

「大切……なもの」

　彼女はぽっと赤くなり、俺の皿からさつまいもの芋餅をかっぱらうと、ぱくぱくと口の中に詰め込んで立ち上がった。

「私！　がむばる！　おかもふぉくんに心配してもらわなくても大丈夫なようにがむばるよ！」

「そ、そっか」

「よし、それじゃ私寝るね！」

　音奏はテントにずぼっと入っていった。口に芋餅を突っ込んだまま……ったく。

　俺はカレー味の芋餅を肴《さかな》に一杯やってから大きく変身したシバのもふもふに包まれていつも通りテントの外で熟睡した。

＊＊＊

「岡本くん！　起きて！」

　あまりにも大きな声に叩《たた》き起《お》こされて、俺はうめきながら体を起こした。目の前にはボサボサの頭で焦った顔をしている音奏が透明飛行型カメラを抱えている。

「どうしたんだよ、そんなに騒いで」

「どうしたもこうしたもないよ！　配信！　切り忘れてた！　今の今までずっと垂れ流しになってたみたい」

「え？」
「だから、垂れ流し！　ネット大変なことになってる！」
俺は寝起きの頭に色々言われてパニックになりつつもスマホをポケットから出す。
「ツエッターみて」
「わかってる」
〈日本のトレンド〉
1位　配信切り忘れ
2位　L級挑戦
3位　おかめろカップル
4位　付き合ってろ
5位　本体もふもふベッド
6位　寝室は別
7位　配信者初のL級挑戦
8位　岡本英介　L級
「あっ」
俺は配信を切ろうとしていた時に、ぬめぬめまみれの音奏に抱きつかれそうになって避け、そのまま何か大事なことを忘れているような、と感じたことを思い出した。
——このことだったのか！

まるで社会人時代に大きなミスをしたときのごとく、胃の中に氷がつまったようなひんやり感に襲われ心臓がバクバクと脈打つ。

「昨日の俺らの話全部流れてたってこと？」

「うん、私の寝言も」

「L級のことも？」

「うん、全部……」

「はは……ははは」

「まぁでも炎上じゃないし……ねっ。しょうがないよねっ」

俺と音奏は顔を見合わせて苦笑いをした。

＊＊＊

「これじゃお嫁に行けないよ〜！」

車の中で喚《わめ》きながらバタバタする音奏に俺もシバもうんざりしていた。

「そりゃ、夢の中でニンニクマシマシラーメン食いつつ、飲みのコール入れつつ、カラオケしてるような女だもんなぁ」

「うぅ、私あんな寝言言う人だったなんて……、岡本くんどうして気が付かなかったの？」

確かに、ストーカー事件の時に一緒の部屋で寝ていたことがあったが、寝言には全く気が付かなかった。それもそのはずだ。

「俺、イヤホンつけて寝てるわ……」

「あっ」

「どんまい、音奏」

「私、10万人近くに寝言聞かれたんだよ……」

「それを言ったら俺はスヤスヤ寝てるところ垂れ流しだったぞ」

「岡本くんは天使みたいな寝相だったじゃん」

「まぁでも、結果的に炎上はしなかったし閲覧数も増えたからいいんじゃないか？　さ、ついたぞ」

音奏の家の前に車を停《と》めると、荷物を下ろすために俺も車を降りた。

「事務所に絞られる〜」

「どんまい、けど俺が悪いんだしもしなんか揉《も》めたら呼べよ。謝るのは慣れてるからさ」

「ありがと……。じゃあ、また連絡するね」

＊＊＊

夜8時のチャイムにドアを開けるとでかい段ボールを抱えたお兄さんがペコリと俺に会釈をした。

「ワンちゃん配達便です～。岡本英介さん、こちらお届け物です～」

「ありがとうございます」

俺はお兄さんから段ボールを受け取るとサインをする。お兄さんはサインを受け取った後も俺をじっとみて困った顔をしている。

「あの、何か？」

「いや～、廊下のどん詰まりで女の人が潰れてましまして……岡本さん。知り合いだったりします……？」

「あ～、はい。俺がなんとかしときます」

お兄さんは帽子をとってぺこりとお辞儀をすると駆け足で帰っていった。廊下で寝る女なんてのは十中八九、お隣の高橋《たかはし》さんである。

俺は突っ掛けを履いて、廊下に出て見るとやっぱり……高橋さんがいつものスウェット姿で熟睡していた。

この人はどうして酔うと廊下に出るかなぁ？

「高橋さーん、風邪ひきますよ～」

「うぅ……のませろ。くわせろ」

音奏にも負けない寝言。おまけに日本酒臭い。

「高橋さん、お部屋開けますよ」

「うぅ」

俺は鍵がかかっていなかった高橋さんの家のドアを開け、玄関にゆっくり彼女を下ろす。そのまま一旦自分の部屋に戻ってグラスに水を入れ、再び彼女の部屋に入る。

「飲めます？」

半ば無理やり水を飲ませて、それからしばらく声をかけると高橋さんがうっすらと目を開いた。

「きもちわるいぃ……」

「飲み過ぎですよ。俺、戻るんで鍵ちゃんと閉めてくださいね」

「ありがと」

覚醒した高橋さんに軽く会釈をして、俺はそっとドアを閉じた。確か、看護師してるんだったよな。命と向き合う仕事のストレスは俺なんかには計り知れない。きっと彼女も大変なんだろう。

玄関に放置していたでかい段ボール。そういや、風間さんからの荷物だったな。

特に装備品は頼んでないし、シバの首輪も発注前だ。明日行こうと思っていたんだが……。

ガムテープを剥がして中身をのぞいてびっくり。

「シバ！」

俺はテンションが上がってついでかい声を出した。シバも勘づいたのかテチテチと駆け寄ってくる。

「英介？」

「シバ、風間さんからプレゼントだ」

短い足ですっくと二足歩行になって段ボールの中を覗《のぞ》くシバ。ブンブンと尻尾をふる。

「英介、これ全部オレの？」

「あぁ、そうみたいだ」

段ボールの中には、犬用のお菓子がこれでもかというほど詰まっていた。差出人は風間装備店になっているが、丸文字の筆跡からして美彩さんの方だろう。

＊＊＊　＊＊＊　＊＊＊

岡本くんとシバちゃん
あの配信の日から宣伝効果でうちへの発注が止まらないの！

お礼と言ったら何だけど、シバちゃんにどうぞ。うちのワンコたちお墨付きのお菓子たちよ。絶対にシバちゃんも気に入ると思う！

今度お店に来てね。サービスするわ（うちの旦那が）。

風間美彩

＊＊＊　＊＊＊　＊＊＊

「だってよ、よかったな。シバ」

「英介、食っていい？」

「あぁ、どれ食いたい？」

「クッキー！　骨のやつ」

「了解」

シバの皿に御所望の骨型クッキーを山盛り入れて、そっと食べやすく整える。

「シバ、一枚撮っていい？」

「まかせろ」

渋い声で返事をするとシバはクッキーを可愛く咥《くわ》えてみたりウインクしてみたり、映え犬ポーズを提供してくれる。なんてできるプロの犬なんだ……。これで今日のＳＮＳ投稿は決まりだ。ありがてぇ。

「ちょっと夜風にでも当たるか」

ここ数日、動画の編集で体がバキバキだし、考えてみると音奏から連絡がない。事務所でこってり絞られてるんだろうか？

ボロいベランダに出てぼーっと外を眺める。俺の家の周りの夜は結構うるさい。エンジン音強めの車がボーボー走ってたり、よっぱらいの喧嘩《けんか》の声が聞こえたり。ちょっぴり治安悪めだ。

こんなときタバコでも吸えたら絵になるんだろうが、俺はタバコを吸わないしなぁ。なんだかんだ、音奏が乱入してこないと寂しいかも。

連絡してみるか。配信の切り忘れについては俺も彼女の事務所に謝らないといけないかもしれないし。

俺がポケットの中のスマホに手を伸ばした時、隣から声が聞こえた。

「岡本君？　ベランダ出てる？」

酔いが覚めたのか、ちょっと青い顔をした高橋さんがひょっこりとこちらに顔を出していた。

「見たよ、まとめサイト」

隣人にそんなセリフを言われる日が来るとは……。俺と音奏の配信切り忘れは結構な話題になって、いろんなまとめサイトに載せられていた。

「お恥ずかしいっす」

「Ｌ級、挑戦するの？」

俺はちょっとびっくりした。高橋さんのことだから「私もでっかいシバちゃんにもふもふしたい！」とかなんとか言うかと思ったら、結構真剣な声色でなんだか少し悲しそうな雰囲気で……。

「すぐにってわけではないですけど、配信者としてやってみたいなって思います。10年くらい前にＬ20の認定は受けてるので……」

「岡本君って強いんだね。冴《さ》えないリーマンだと思ってたんだけど人は見かけによらないわね〜」

「今は冴えない配信者っすよ」

「あのさ、無茶……しないでね」

「えっと、はい。音奏もいますし、無茶しないようにします。すんません、心配させて」

「ううん、いいの。ほら、私看護師でしょ？　私が勤めてるのはＥＲって部署でね。急患の処置に携わってるの。だから、毎日のようにダンジョンからの怪我人がやってくるってわけ。助かる人もいるし、助からない人もいる。そういうのを日常的に見てるからさ」

それが深酒の原因か……。

「大変……っすね」

「サービス残業も多いし、休みも取れないし。今日なんて人殺し！　って罵倒されて。ごめんね？迷惑かけちゃったわね」

「いえ、俺は……優しい配達員のお兄さんが教えてくれただけなんで」

ベランダには仕切りがあるが高橋さんが少し乗り出しているから彼女の横顔が見える。いつもは酔い潰れているかニコニコしているのに、今夜は悲しげな表情で……不謹慎だが美人がより一層際立って見えた。

「ねぇ、強いモンスターのいるダンジョンって行かなきゃダメなの？」

「ダメってことはないっすけど、やっぱり冒険者兼配信者ってなると、より強いモンスターを倒しに行きたいって思いますね」

「今のまま、のんびりキャンプ案件とかそういうのもあるんでしょ？　無理に危ないところに行かなくても……」

「高橋さん？」

彼女の声色が震え始めたので俺は心配になって身を乗り出して覗きこむ。やっぱり、彼女は泣いていた。

「酔っ払いがごめんなさいね。私、ちょっと昔のこと思い出しちゃって」

「ちょっと待っててくださいよ」

俺はベランダから一旦部屋に戻るとティッシュとペットボトルの烏龍茶《ウーロンちゃ》を持ってベランダに戻っ

た。

「どうぞ」

「うぅ、ありがと」

「今日は音奏もいないですし、聞きますよ。俺は明日も休みですから」

＊＊＊

「私ね、看護師になる前は冒険者だったの」

「冒険者？」

「うん、でもA級。幼馴染《おさななじみ》5人で、高校生のころからパーティーを組んでダンジョンを攻略して……若い頃は大きな斧《おの》と盾を振り回してたわ」

まさかのヒーラーじゃなくてタンク⁉

高橋さんがどでかい斧と盾を構えている姿を想像して俺はちょっと納得する。めっちゃぽいわ……。美人お姉様タンク。

「強そうっすね」

「体力と腕力には自信があったの。でもね、大学生になって就活を迎えて、それぞれ冒険者になるのか社会に出るのか選択を迫られたわけ。そこでね、パーティーのリーダーが言ったの。S級をクリアできたらみんなで冒険者になろうって」

彼女は小さく息を吐くとしばらく沈黙した。多分、この先の展開は俺でも予想ができる。どうして彼女が今冒険者ではないのか、どうして彼女が看護師をしているのか。どうして彼女が泣いているのか。

「S級のダンジョンに入ってS級のモンスターを倒せたら冒険者を続ける。今考えれば無謀な話だわ。私たちは見事に敗北した。タンクだった私は最後まで生き残って……誰も守れず、大好きな幼馴染たちの遺体を置いて逃げ帰ったの。最低でしょ」

「最低だなんてそんな……」

S級以上のダンジョンになると、モンスターも賢くなる。パーティーを組んでいる冒険者相手であれば、盾役である「タンク」を攻撃せずにヒーラーやアタッカーを叩く知能を持ったモンスターも多くいるだろう。そうなるとタンクはどうにもできない、死を待つか逃げ帰るかだ。

多分、高橋さんたちがやられたのは実力の他にもそういう理由があったのかもしれない。

「だからね、大学を卒業して借金して看護学校に入ったの。少しでも冒険者を救いたいってそんな偽善的な志望動機でね。ほら、元タンクで体力とメンタルには自信があったし。あ～もう、だめね。話がまとまらないわ」

ズズッとペットボトルの烏龍茶を飲んで高橋さんは大きなため息をついた。

「気をつけます」

「私はね、最近仲良くしてくれてすごく嬉《うれ》しいの。岡本君もシバちゃんも音奏も好きなの。死んでほしくないの。強いのはわかってる。けど、無理はしないでね」

「はい」

「あとさ……私も大きなシバちゃん、もふもふしたいんだけど」

「あ〜、シバが巨大化できるのはダンジョンの中だけなんすよね。ほら、テイムモンスターなんで」

「じゃあ、こんど低階級のダンジョン行く時に私も連れて行ってよ。いいでしょ？」

「落ち着いたらぜひ」

＊＊＊

「英介、メシ」

「はいよ」

今日も今日とてシバアラームに起こされて、俺は体を起こした。

「今日の気分は？」

「カリカリと……ささみ」

「はいよ」

「なぁ、英介。音奏は？」

「それが連絡ないんだよ。電話も出ないし」

シバが心配そうに顔を上げた。新調した唐草模様の可愛い首輪のおかげで可愛さの破壊力が数万倍になっている。

「今日あたり、家に行ってみるか」

「うん、オレ寂しい」

俺はしゅんと耳を下げたシバの頭を撫でてスマホを眺める。いつもならうるさいくらいにメッセージを送ってくるのに、既読すらつかない。あの配信切り忘れ事件からもう1週間。

流石に心配だ。

新たなストーカー的な何者かを刺激してしまったとか……？　いや、一番濃厚なのは事務所に怒られてスマホを取り上げられてるとかそういう方面か。

うーん、彼女はインフルエンサー。流石に俺が深いところまで関わりすぎると迷惑をかけてしまうか？

「電話してみるか」

と思ってスマホを持ち上げた時だった。

「ただいま〜！」

どかーん！　とドアを開けて音奏が部屋にガタガタと上がり込んできた。

「音奏っ！」

シバがぴょんと飛び跳ねながら彼女に飛びついた。

「シバちゃんっ、久しぶり〜！　あっ、岡本くんも久しぶり〜」

「音奏……」

「なになに〜？　会えなくて寂しかった？」

「んなっ、べ、別に」

「英介寂しがってたぞ、さっき迎えに行くって言ってた！」

シバのやろう……。音奏はシバの密告ににんまりと笑うとポケットの中から一枚の紙を取り出した。

「じゃじゃ～ん！　伊波音奏、20歳！　SSS級に認定されましたっ！」

彼女が取り出したのはSSS級の認定書だった。しっかりと日本冒険者協会の判子が押してあり、音奏のサインもある。

「まじか」

「うん、岡本くんに心配かけたくなくて、１人でこっそりSSS級のダンジョンに入って頑張ってたんだ」

その言葉を聞いて俺は嬉しいようなどきっとするような、複雑な気持ちになった。

「ね？　すごいでしょ？　褒めて褒めて～！」

「１人で？」

「えっ、うん。SSS級の中でも倒せそうなモンスターがいるダンジョン調べて、配信はしないけど動画とか撮影してさ」

嬉しそうに、誇らしげに話す彼女。本当なら「すごいな」「よくやったな」と称賛の言葉をかけることが正解だろう。でも、俺はそんな気持ちにはなれなかった。

「危ないだろ、１人で……しかも格上のダンジョンにいくなんて」

「えっ」

「せめて、一言欲しかったよ。1人でダンジョンに入るのはいつ何があってもおかしくないだろ」

「ねぇ、岡本くんは私のこと信用して……くれてないの？」

その表情は反則だ。ただでさえ可愛い系の音奏が涙をいっぱいに浮かべてこちらをじっと見つめて……。メイクのせいもあってかびっくりするくらい大きくてキラキラした瞳、肌なんかゆで卵みたいにツルピカだ。

「ごめん。ただ、さっき1人でダンジョンにいたって聞いた時、怖いって思ったから……、そのもしものことがあったらって。でも、ごめんな。そうだよな、音奏もSS級だったんだし、強いのにな。俺、調子に乗りすぎだな、あはは」

恥ずかしさを隠すように後頭部を掻いて俺はすっと後ろに下がった。あ〜クソ、気まずい……！　何ガチトーンで話してんだ俺は……。

音奏の顔を見ていられずに後ろを向く俺、あぁ、次はなんて言葉をかけよう？

くっそ……学生時代にまともな恋愛をせずに社畜になったせいで、全くこの先の展開が読めねぇ……、情けない。

「ごめんなさい」

小さな声が聞こえたかと思うと、ぎゅっと背中側から抱きしめられて俺は体を固くした。腹あたりに音奏の小さくてギラギラネイルの手がふっと触れた。背中に鼻を擦《こす》り付《つ》けられ、ちょっとくすぐったい。

「音奏……？」

「心配させて……ごめんなさい。私、自分だけの力でSSS級になって岡本くんにふさわしい相方になりたいって思ったんだ。でもね、逆の立場だったら私すごく心配する。だから、岡本くんの気持ちわかるよ。ごめんね」

そっと彼女の手の甲を撫でてから俺は彼女から離れ、向き合った。

「でも、おめでとう。SSS級。あ〜もう、泣くなって」

「う、う、うえ〜ん」

安心したのかなんなのかボロボロ泣きながら半分笑っている音奏に抱きつかれて俺も思わず笑ってしまう。涙と鼻水でTシャツがぐじゃぐじゃだし、ずしんと体重がかかって重いし……。

感情を出すのが苦手な俺と違って素直で表情筋の緩い彼女と一緒にいるとなんだかこっちまで素直になってしまう。

「あぁもう、オマエたち結婚しろよ〜」

シバもぴょんと俺たちの間に飛び込んできて頬擦りをする。なんだこれ、もしかしてめちゃくちゃ幸せなんじゃ……？

「岡本くん、さっそくお祝いの乾杯！　しよ！」

＊＊＊

シバのメシ任務を終えて、俺はゆっくりコーヒーを飲みながら優雅に動画編集をしていた。

「おはよぉ」

「おはようございます」

眠たそうに起きてきた音奏はボサボサの髪を手櫛《てぐし》で整えながら洗面所へと入っていった。

音奏の分のシュガートーストを温め直して、彼女好みのココアを淹《い》れる。今日こそはどのL級ダンジョンに行くか決めて申請を出しに行かねば。いや、本当に久々だな……。

日本冒険者協会の本部は千代田区《ちよだく》にあるため結構な遠出だ。車で行くより電車の方が早いかもしれない。

いや……平日の昼間なら渋滞はしてないか。

「ねぇねぇ、岡本くん。私SSS級になったんだしご褒美ほしいな〜？」

「ご褒美ですか、昨日しこたま飲みませんでしたか……」

「そうですよ〜。だってだって、すごーく頑張ったんだよ〜？　それに、SSS級になるって結構すごいことじゃん？」

それはその通りである。

SSS級になれるのは冒険者の中でも一握りだし、俺は彼女をみくびっていたのかもしれない。俺の相棒はシバだが音奏をパーティーメンバーの1人として考えてもいいかもしれないな。

「まぁ、そうだなぁ。ってもご褒美って……？」

「決まってるんじゃん！」

もう慣れっこだがギャルは話に「主語」がない。いや、この場合目的語か？　とにかく、それじゃ俺に伝わらないぞ、伊波さん。

「決まってるんですね～」

「あ～、岡本くん冷たいなぁ～」

俺の前に回り込むときゅっと両手を摑んでじっとこちらを見つめてくる。可愛いが、これは悪いことを企《たくら》んでる時の彼女の顔だ。

「まだ、お金は入ってませんよ」

「お金はいらないよ？　そうだなぁ、1人1500円ってとこ。カードはダメ。現金のみ。あと小銭も必要だよ」

「どっか行きたいのか？」

「うんっ、今日のお昼ねっ！」

「はいはい」

＊＊＊

黒烏龍茶を片手に30分近く並び、やっと席に着いた俺たちは目の前に置かれた迫力満点のラーメンにごくりと喉を鳴らした。

俺は、ヤサイと呼ばれるモヤシと背脂を多めにトッピングしたもの。一方で音奏はヤサイ・ニンニク・アブラ・ガリマヨ。コッテコテの大盛りラーメンを前に目を輝かせている。

「いただきまーす！」

「いただきます」

ニンニク風味のモヤシは熱々のスープをレンゲでかけてから食うと、シャキシャキしつつもコッテリと口の中を温めてくれる。しばらくモヤシを食った後に掘り出した太縮れのワシワシ麺は食べ応え抜群。

「うんまぁ」

隣にいる音奏も夢中でラーメンを啜《すす》っている。幸せそうな顔しやがって……。

麺がワッシワシな分、背脂が甘くコーティングしてくれて非常に食べやすい。ほろほろで分厚いチャーシューを一口食べれば極楽、天国。

しばらくラーメンを食ったら今度は頼んだ半ライスに生卵を落とし、その上にほろほろチャーシューと背脂、スープをかけてぐじゃっと混ぜて一気に掻き込む。

「うますぎ……」

ぱっと隣を見れば音奏は丼を持ち上げてスープをごくごくやっていた。

――死ぬぞ……。

野郎系ラーメンをがっつり注文してスープを飲み干すギャルに店員も客も釘《くぎ》づけた。

「ぷはぁっ、ご馳走様《ちそうさま》でしたっ！　岡本くん、早く早く」

「ご、ごちそうさんでした」

俺も急いで残りの麺を啜ると店主に会釈をして店をあとにした。空になったペットボトルを店の外にある自販機の隣のゴミ箱に捨てる。

「おいしかったね〜」

「すごい食いっぷりだったな」

「普段は太っちゃうからあんまり行かないんだけど、ご褒美！　岡本くんと一緒にきたかったんだぁ〜。ありがとね、付き合ってくれて」

「いえいえ、びっくりしたわ。寝言通りのオーダーで」

俺の言葉に音奏は真っ赤になるとポカポカと俺の背中を叩く。にしてもすごい食いっぷりだったなぁ。細くて小さい体のどこに入ったんだか……。

「でもさ、岡本くん。ドン引きしないんだね？」

「なんで？」

「だって普通、女の子がこういう系のラーメン好き〜ってガツガツ食べてたらびっくりしない？　あっ、寝言はなし……だよ？」

うーん、確かにギャップはあったな。

「まぁギャップはあるけど、いいんじゃないか？　好きなもん食えばいいと思うよ。おいしそうな顔がその……まぁ可愛いと思うし」

と言ってみてから恥ずかしくなって、俺は顔を背けた。

「じゃ、じゃあまたご褒美に一緒に食べてくれる？」

きゅっと小さな手に握られて心臓がびくんと跳ね上がる。指先の感覚から、彼女がネイルの先が俺の手に当たらないように気を遣っているのがわかった。ラーメンを食った後だからか妙に体温があったかい。

「ま、付き合ってやらんこともない」

「やったぁ～！」

「じゃ、送るよ」

「え～、今日も泊まる～」

「自分の部屋がカビるぞ」

「今日だけ！」

「今日だけな……」

なんて会話をしながら車に乗り込み、俺たちはボロアパートへと戻った。来月に入ってくる収益によってはここを引っ越すことを考えるか……？

いや、でもかなり気に入っているんだよなぁ。なんというかボロさといいクタッと感といい。高橋さんをはじめとして近隣住民とも良い関係を築いているし。

「あっ、シバちゃんのお散歩は今日私が１人で行く～」

「はいはい、お好きにどうぞ」

「有紗《ありさ》ちゃんもいたら誘おうかな？」

「あんまり迷惑かけるなよ、仕事大変なんだから」

ボロアパートの階段を上がり、パッと視線を上げると俺の部屋の前にスーツの男が２人。俺を見つけるとこちらへと近寄ってくる。

なんだなんだ?

突然のことに、退路を確保しようと振り返ってみるも、階段の下にもいつの間にかスーツの男たちが立っていた。

「えっと……なにか?」

「岡本英介さんですね。日本冒険者協会のアイダと申します。あなたにご協力いただきたく、本日はお宅に伺いました」

アイダと名乗ったおっさんは申し訳なさそうに眉を下げると俺と音奏に深々と頭を下げた。

5章 俺、ギャルと付き合う

「いや、ほんとにすみません。押しかけちゃって」

アイダさんと部下の人を家にあげたとたんペコペコと頭を下げる2人。俺も同じように「とんでもないです」と頭を下げる。ペコペコする義理はないが、社会人時代のクセである。

「はーい、お茶どうぞ～」

まるで妻のように勝手にお茶を出す音奏《めろでぃ》にお礼をいいつつ、俺はシバが全く警戒していないところを見て彼らに悪意がないことを悟った。

「すみません、狭いですが」

「とんでもないです。えっと、今日は急ぎの相談がございまして」

正座したアイダさんは俺に名刺を渡すとなにやら資料を取り出した。部下の人は緊張で震えている。

「は、はぁ」

「おっ、オマエ、相田《あいだ》か？」

と突然のシバの声に俺はびっくりして彼らを交互に見た。

「おっ、相田じゃん！　久しぶり！」

シバはブンブンと尻尾をふって相田さんに飛びつくと顔をぺろぺろと舐《な》めた。

「えっと……もしかして」

「まさかシバくんが覚えてくれてるとは。はい、僕は岡本《おかもと》さんのお父さんと同窓生で。彼は冒険者、僕は公務員という違った道に進みましたが冒険者協会で再会して……そう、君が小さい頃も何度かお会いしてるんですよ」

「そう……だったんですか」

そう言われてみれば、親父《おやじ》の葬式にいたようないなかったような。親父は友人が多かったから、全員に挨拶はできなくて覚えていなかったが……。

「おっと、話がそれちゃったね。本題になるんですが、その……もしよろしければ日本冒険者協会に協力をしてくれませんか？　って言っても謝礼とかは出ないし、なんというかただの協力関係って感じなんですけど」

相田さんはハンカチで汗を拭きながら申し訳なさそうに笑った。

「どんな内容ですか？」

「僕たちは君にL級ダンジョンの位置情報を提供する。君はそこを攻略したら、撮影した動画の一部を日本冒険者協会に提供してほしいんだ。もちろん、強制ではない。別のダンジョンに行ってもいいし、断ってくれてもいい」

「えっと、どんな意図で？」

「まぁなんというか、情報収集さ。うーん、実はね。日本にいる冒険者の中でL級、しかもL20なんていう階級なのは君だけなんだ」

――は？

「今、おじさんなんて言った？」

音奏が悲鳴に近い声をあげた。

「驚かせてすみませんね。L級の冒険者は今……この日本では君1人だ」

「いや、L級って1〜100まで階級があって歴戦の冒険者やそれこそ政府や役所に協力している人たちがいたはずじゃ……？」

相田さんの顔が曇った。

「機密情報で報道もされていないから言えないが、とにかく今L級のダンジョンへの入場許可が下りるのは君だけなんだ」

ダンジョンでは何があるかわからない。彼の表情を見るに、まさか他のL級の冒険者が死んだ……？　しかも多分すごく短期間の間に。俺以外の全員が。

「L級のダンジョンはモンスターの進化も速い。だから、提携した冒険者がいたときは定期的にピックアップしたダンジョンに潜入をして調査をしてもらっていたんだ。けど……」

なるほど、緊急で押しかけてきた件といい結構な緊急事態のようだな。名刺をちらりと見れば彼の役職は「本部長」。公務員の組織はよくわからんが年齢的に考えれば上の方のはずだ。

「ご存知かもしれませんが、俺は動画配信をしてましまして……それでよければ提供は可能です。ただ……急すぎませんか？」

「色々とあってね……。ただ、現状は機密事項だらけで詳しくは話せないんだ。今のところは日本冒険者協会に少しばかり協力してほしい、ということだけさ」

やはり……どこかのダンジョンで立て続けに協力者が死んだな。そのせいでL級という規格外のダンジョンの定常監視ができず困っている……と。

「L級ダンジョンに入った後、配信動画をコピーしてお渡しします。入るダンジョンは俺の方で選びます。それなら……」

「ありがとう！　ありがとう！　あぁ……なんとかクビが繋《つな》がったよ……。じゃあ、L級の申請時に僕を呼ぶように言ってください。あぁ……よかった」

なんのこっちゃ……。

でも、動画を提供するだけなら俺に不利になるようなことはないし、役所にコネを作っておいて問題はないだろう。

2人を帰したあと、なんだか疲れた俺はソファーに寝転がった。シバは相田さんからもらった手土産の饅頭《まんじゅう》をもぐもぐしていたし、音奏はウッキウキでL1のダンジョンを調べていた。

「ねぇ、岡本くん。すごいじゃん！」

「何が？　今思い出したけど、親父もL級に入るのに確か役所に協力してるとか言ってたような気がするわ。俺も大学生の時に声かけられたけど断ったっけ」

「へぇ……そうじゃなくて！　さっきのおじさんの話じゃ岡本くん、今日本で一番強い冒険者ってことだよね？」

「日本で一番強い？」

「うん、そう。日本一強い男ってこと！　え〜ん、ちょ〜かっこいいんですけど！　最高なんですけど！　早くダンジョン行って強いところみんなに自慢しよ！」

　さっきまで役所の裏側を探って疑っていた俺、ハイパーポジティブなギャルに引っ張られてなんだかその気になってきた……。良《い》い状況ではない気がするんですけど。

「確かに……日本一か」

「日本一！　今日は祝杯だぁ！　ねぇ、岡本くん、買い出し行こ！」

「はいはい」

　どうやら俺は、知らぬ間に日本一の冒険者になっていたようだ。

＊＊＊

　俺が申請したのはＬ級モンスター「マグマイルカ」がいるダンジョンだ。ぐつぐつ煮えたぎったマグマの中から飛び出してくるイルカをしとめるだけの簡単なお仕事である。

「それでは許可が下りましたらメールでお知らせいたします。今後は郵送でも受け付けできますのでよろしければ申請書類をお持ちください。あぁ、相田本部長から岡本さんのことは伺っておりますので」

受付のやけに綺麗《きれい》なお姉さんに言われて俺はいい気分だ。動画配信のアーカイブをコピーして渡すだけでこんなにチヤホヤしてもらえるとは……！　役人にコネがあって悪いことはないしウィンウィンだな。

「じゃあ、相田さんによろしくお伝えください」

「あの、岡本さん」

「はい？」

「L級は大変危険ですからお気をつけて」

「は、はい。何かあったんですか？」

「L級ダンジョンは進化のスピードが速く登録されているモンスターが格段に強くなっていることがあります。その、つい最近、白狼《はくろう》のダンジョンで……」

「気をつけます」

受付のお姉さんにお礼を言ってから俺は日本冒険者協会をあとにした。白狼といえば狼系のモンスターの特殊個体でL15程度だったはずだ。

L級の階級が細かく分かれているのは、ダンジョンの中でモンスターが強くなったり弱くなったりと、環境の変化が激しいからである。

今までは日本でも数十人いたL級冒険者が探索がてらに調査に協力していたんだろうが……。

「ちょっと気になるな……」

俺はスマホを取り出して音奏に電話をかけた。

「もしもし～？」

「なぁ音奏、週刊誌記者の友達がいるって言ってたよな……？」

＊＊＊

「で、なんでこうなるのよ～！」

「いいからシバ抱っこして大人しくしててくれ」

「かまってくれるっていうからきたのに～！」

腕立て伏せをしつつ重しとして音奏とシバを背中に乗せて30分。交互に片腕を浮かせながら体幹をしっかりと鍛えているのだ。俺にまたがっている音奏はなんだか楽しそうに体を揺らしているようだ。

「音奏の友達がどれだけ調べてくれるかは知らないが、ことによっちゃしっかり準備しないと」

「あぁ、L級冒険者1人になっちゃった説ね……話したらあの子目をキラッキラさせてたし、来週には一面記事になっちゃうかも～」

「さすがに、何かやばい異変が起きてるなら音奏は連れて行けないからな」

「え～！」

「え～じゃない」

背中の上で彼女がばたつくものだから俺もバランスを崩す。あっというまに俺も彼女もシバもぐじゃっと床に転がった。

「いてて……英介《えいすけ》。オレもう飽きた」

「シバ、ありがとうな」

俺はプンプンのシバの頭を撫《な》でると、風間《かざま》さんが送ってくれた歯磨きガムを一つ取り出して渡した。彼は器用に前足で骨型のガムを摑《つか》みつつガジガジする。

「でもさ、まじでL級のダンジョンでやばいことが立て続けに起きてるなら、配信どうするの？」

「まぁ、一旦はマグマイルカのダンジョンで配信してその後はSSS級でのんびりでもいいんじゃないか？　俺も収益入ったら新しいキャンプ用品買いたいし」

「確かに～！　私あれやりたい！　マシュマロ焼くやつ」

「了解」

ま、リスナーに宣言しちゃったんだし、一度はLと名のつくところに行かないとな……。

「他のL級の人たちはどこ行っちゃったんだろうねえ」

「さぁ、よくない結果じゃないといいんだがな。さて、音奏続きやるぞ」

「えぇ～またぁ～？」

「ほら、2Lのペットボトル抱えて乗ってくれ」

「ご褒美はありますか！」

「2時間付き合ってくれたら、冷凍してあるウサギシチューで最高のドリア作って差し上げます」

「乗った～！」

念には念をいれてウォーミングアップしておかないと。音奏45キロ（プラス2キロ）を背中に乗せて片腕と片足を浮かせる。腕立て伏せを何度もする……。

ゆるっとキャンプするのもいいが、強い敵に挑戦したいという冒険者の血が沸々と騒いでいるのを俺は感じた。

＊＊＊L級挑戦日当日＊＊＊

「はーい、はじまりました！　今日は岡本くんと一緒にL級ダンジョンに挑戦するよ～！」

「どうも、岡本英介とシバです」

コメントには「本体」の文字が大量に流れている。

それもそのはず、今日のためにシバはトリミングに行き、まんまるふわふわになっているのだ。

唐草模様の首輪もよく映えてトースト色のしっぽが揺れ、柴犬《しばけん》スマイルで視聴者たちを一網打尽にした。

「今日はマグマイルカを倒します」

透明飛行型カメラを作動させ、ダンジョンに足を踏み入れる。

「音奏～、足元に気をつけろよ。噛《か》まれたら数時間動けないからな」

「わかってるって」

と言いつつ、俺は氷の魔法石が矢先についた矢でいくつかの大きな蟻塚《ありづか》をぶっ壊し、マグマ火蟻が出てこないように対策をする。

「岡本くんって一回で複数の矢を打てるの？」

「最大5本までなら」

「やば……」

俺は5本の矢を同時に放ってみせた。

それぞれがターゲットの蟻塚にぶち刺さって凍らせてしまう。ちなみに、マグマ火蟻は食えない。ただ、足を噛まれると死ぬほど痛む上に痒《かゆ》くなるので申し訳ないが処理させていただいている。

「あれは倒さなくていいの？」

「あぁ、あれは襲ってこないからいいよ」

音奏が指差したのはマグマアリクイだ。

「へぇ～Lでも襲ってこないモンスターもいるんだねぇ」

「うーん、まぁこいつらはコンボだからなぁ」

「コンボ？」

「そう、マグマ火蟻に襲われて蟻だるまになっている生物をアリクイがぺろぺろするんだわ。もちろん、アリクイはアリを食ってるわけだが……」

「うえ～、地獄じゃん。って感じらしいです！　みんな、怖いね～」

俺は話しつつも蟻塚を丁寧に壊していく。マグマ火蟻なのに氷が弱点だというのはさすがL級といったところだろう。ちなみに、水をぶっかけるとマグマ火蟻は鋼鉄にレベルアップして襲いかかってくるので要注意だ。

「さ、中層からは激戦区だぞ～、音奏準備しとけよ」

＊＊＊

中層に下りた瞬間いきなり音奏に向かって襲いかかってくるのはゴブリンL《エル》だ。冒険者から奪った装備なのか、片手剣を持っているやつや兜《かぶと》だけのやつ、ブーツの片方だけを履いているやつ……。

「このっ！」

音奏の魔法石でビリビリと痺《しび》れるゴブリンLに俺はトドメを刺す。

「ちょっ、なんで私ばっかり！」

「多分一番弱いからだぞ」

シバがクワッとあくびをしたのをみて音奏がきゃんきゃんと悔しがり、飛び掛かってきたゴブリンを今度は火だるまにした。

ゴブリンLはSSS級にいるやつらより知能が高く、冒険者の中でも一番弱いメンバーに襲い掛かる。

「音奏、ゴブリンの倒し方は？」

「あっ、そうだ。親玉ゴブリンを倒す‼」

「正解」

ドシンドシンと奥からやってきたのは太っちょの大きなゴブリンLだった。やつだけフル装備で、ニヤリと音奏をみて笑った。特に、頭にかぶっている兜はマグマを冷やして固めてを繰り返して作った鋼鉄製で非常に不恰好《ぶかっこう》だ。

腐臭で鼻がもげそうになるくらい臭い。見た目もきもいが臭い。

「音奏、やるか？」

「うん、昇級したいし……みてて！」

とステッキを構えて立ち向かっていく音奏。流石《さすが》の身体能力ではらりはらりと親玉ゴブリンの攻撃を避《よ》けながら着実に魔法を当てていく。

しかし、親玉ゴブリンは左手に持った盾で攻撃を弾《はじ》きつつ、ゆっくりと音奏に気付かれないように向きを変え、彼女を壁側へと追い詰めていく。

彼女の昇級のために我慢してみていたがダメだな……。

「音奏～タイムアップだ！」

俺は通常の矢を親玉ゴブリンの頭部めがけて放った。

「ぐわっ」

矢は鋼鉄の兜を突き破り、親玉ゴブリンの頭はぶちゃっと嫌な音を立てて破裂した。親玉ゴブリンの頭がぐじゃぐじゃになってどしんと倒れると、さっきまで音奏を襲っていたゴブリンたちはさっと巣の方へと戻っていった。

「さ、ゴブリンたちも片付けたし、最下層へ行くか……。シバ」

「あいよっ」

シバはぶおんっと煙に包まれると大きいサイズに変身し、ブルブルと体を振った。アルラウネの触手を素材にした首輪は伸び縮みするのでこういう時にも便利なのだ。

「音奏はシバに乗ってもふもふの中に隠れておくように」

「えぇ～」

「お前、びしゃびしゃマグマが降ってくるんだぞ」

「シバちゃんのもふもふは平気なの？」

シバがバカにするなと言うように顎を上げる。

「オレの毛はマグマもはじくぞ。音奏を守れる」

「岡本くんはどうするの？　マグマ、びしゃびしゃなんでしょ？」

「あぁ、俺は全部避けるから大丈夫」

「へぇっ？」

彼女の喉の奥からひゅっとおかしな音が出る。そんなに驚かなくても……。

「さ、行くぞ～」

彼女は大人しくシバの背中に跨《また》がるともふもふの中に隠れるようにしがみついた。これ、配信見てる高橋《たかはし》さんが騒いでるだろうなぁ……。

最下層にたどり着くと、地面には複数の穴が開いていてそこにはマグマが満ちている。ゴポゴポと不吉な音を立てるマグマ。

「くるぞ！」

シバがぼうっと毛を逆立たせ、退避する。俺は弓を構えて獲物を待つ。複数ある穴のうち一つが大きく泡立つと、派手な音を立てて大きなマグマの塊が飛び出した。

マグマイルカはマグマの雨を降らせながら上空を華麗に飛び、他の穴に入ろうとする。俺は降り注ぐマグマを避けながら奴《やつ》のこめかみに水矢を打ち込んだ。

水の魔法石がくっついた矢でマグマがじんわりと冷え固まったその一ヵ所を、直後に飛ばした通常矢が貫く。

マグマイルカが絶命し、落ちてきたので避け、俺は次の矢を構える。

「英介！　奥だ！」

シバの言う通り奥の方の穴がぼこぼこと泡立ち新手のマグマイルカが飛び出した。

やつの急所はこめかみにある耳だ。降り注ぐマグマを避けながらさっきの１頭の死体をジャンプ台にして飛び上がり、横っ飛びしながら先ほどと同じくこめかみに２撃。

俺が着地するのと同時に今度は４つの穴全てがぼこぼこと泡立った。シバがまずいとばかりに入り口の方へ退避する。

フロアの奥へと走り込みつつほとんど同時に飛び出してきた４頭を順番に仕留めていく。マグマの弾幕を水矢の軌道を使って避けながら確実に仕留めていく。

「やけに数が多いな」

マグマの1滴が髪を焦がしたのかタンパク質が焦げる臭いが鼻を掠《かす》める。積み上がっていくモンスターの死体。こいつらは素材にもならないし食えないしで無駄な殺生《せっしょう》なんだよなぁ。

「よしっと」

最後の1頭を仕留めると俺はざっとフロア全体を見渡した。泡立っている穴はない。俺は構えを解いて後退《あとずさ》りながら、何気なくマグマイルカの死体の数を数えた。

「1、2、3、4……5?」

初めに倒した1頭、次に奥から飛び込んできた1頭。最後に4頭同時に仕留めたんだから死体は6頭ないとおかしいよな……?

――ズルズル……。

何かを引きずるような音にパッと振り返ると、俺から一番遠い場所にあったマグマイルカの死体が何者かに引きずられてマグマの穴の中に落ちていくところだった。

「なんだ……?」

俺は即座に弓を構え、マグマイルカの死体が引きずり込まれた穴に照準を合わせる。

大きな気泡と共に現れたのは顔……ではなく大きな尾鰭《おびれ》。

バシャンバシャンと俺に向かってマグマを浴びせてくる。俺は飛び上がって避けつつ、水矢と通常矢の二段攻撃でやつの尾鰭を貫いた。

「きゅおぉぉぉん」

と嫌な音が響き黒い尾鰭が引っ込むと、今度は俺の背後の穴がぼこぼこと動き出す。マグマイル力よりも数倍速い動き、だが俺はもっと速い。

大口を開けて飛び出してきたやつは並のマグマイルカの三倍はある図体《ずうたい》だった。俺は水矢を乱れ打ち、やつの表面についたマグマを引き剝がす。

「すげぇ……」

水矢によって現れた奴の正体に俺は思わず声を上げた。ツルツルした体はクジラでもサメでもない。パンダのような可愛《かわい》らしい白と黒の模様に真っ黒いつぶらな瞳。口の中には無数の歯が生えていて、何でも嚙み砕いてしまいそうだ。

「はじめて見たわ。マグマシャチ……！」

マグマシャチは俺を眺めるとズボンと音を立てて潜っていった。まるで獲物を品定めするような視線は、相手の知能が高いことを感じさせる。

コポコポと泡立つ穴……しかし、やつが飛び上がったのはその真後ろの穴だった。

「おっと」

俺は背後からのマグマを横向きにジャンプして避けると、すかさず水矢をこめかみにむかって放つ。

しかし、マグマシャチはぐいんと体をひねるとヒレで矢を弾き落とす。

「なるほど、俺が戦っているのを見ていたってわけか」

となれば作戦変更だ。

今度は飛び上がってきたやつにフェイクの水矢を打ち込みつつわざとそれを弾かせる。

「そこだ……！」

俺はやつが飛び込もうとしたマグマ穴に水矢を打ち込んでマグマを冷やし固めてしまう。マグマシャチは頭から冷え固まったマグマに激突し、ぎゅおおおと大きく吠《ほ》えた。

俺は構わず近くのマグマ穴も水矢ですべて塞ぎ退路を立つ。

こうなってしまえばもう俺の勝ちである。のたうち回るマグマシャチにトドメを刺した。

「無事、L級ダンジョンを踏破しました！」

「いや～、今日も岡本くん絶好調！　余裕でマグマイルカだけじゃなくマグマシャチ？　も倒しちゃいました～！　かっこいい～！」

「ワンッ！」

巨大シバの決めポーズとともに配信の終了ボタンをしっかりと押す。押した後は自分と音奏のチャンネルで配信が終わっていることを何度も確認した。

「いや～やばかったね！　マグマをひょいひょい避けながら飛び上がって弓矢えぐかった～！」

「音奏、オレも褒めて」

「シバちゃんもありがとう！　ヨシヨシ」

「よし、帰りますか。やっぱ戦闘配信よりのんびりの方が性にあってるわ」

いい感じにL級配信も完了したし、この録画をお役所に渡しつつあとはのらりくらりすりゃいいか。

「私も頑張らなきゃね～！　岡本くん、景気付けに焼肉食べちゃお～！」

「さてと、音奏、ステッキを貸してくれ」

「いいけど、なんで？」

「あぁ、このマグマシャチの熱々の身を冷やすんだが……水をかけてくれるか」

「はーい」

音奏がシャワーのように水を出してくれるので俺は急いでマグマシャチの背鰭を切り取った。切り口はマグマのように真っ赤になっているが、水がかかるとジュ～ッと音を立てて真っ黒になる。冷やしながら湾曲を平らにすれば三角のプレートが出来上がった。

「これ、食べられるの？　真っ黒だし堅そうだよ？」

「これは食べられない。マグマイルカやシャチは血の代わりにマグマが流れてるからな。その代わり、これは優秀な焼肉プレートになる」

切り取った背鰭を十分に冷やして、ダンジョンの外へと持ち帰った。

＊＊＊

スーパーでちょっと良さげなお肉を買った後、俺と音奏は、少し遠出して野外ＢＢＱ施設へとやってきた。もちろん、ペット可である。施設でファイヤースタンドを借りて、マグマシャチの背鰭で作ったプレートをセットする。

「外でＢＢＱするのとかサイコー！」

「音奏～、肉と野菜焼けてるぞ」

熱の伝導率がよく、溶岩プレートと同じく遠赤外線で外はカリッと中はふっくらに焼き上げてくれるので肉も野菜も早く美味《おい》しく焼くことができる。

「早いねぇ、お先に～」

熱々のお肉を紙皿に入れた焼肉のタレにダイブさせて、ハフハフしながらほおばる彼女。俺も1枚を塩胡椒《こしょう》で味付けして口に入れる。スーパーの肉だがうまい。

「英介～、オレも」

シバ用に焼いていた肉を皿の上に載せてしっかりと冷やす。それから、別で焼いていた輪切りのとうもろこしもセットで載っけてやる。

「焼き係変わるよ～」

「できんのか？」

「ギャルのＢＢＱスキルなめんなって～」

音奏はトングを俺から奪い取ると得意げに胸を張る。Ｔシャツをぎゅっと縛って臍《へそ》を出し、かなり短いショートパンツ姿だが大丈夫なんだろうか。本人は目を輝かせているのでやってもらおうか。

「ほいほいっ、どんどん焼いちゃうからね～」

音奏はどんどん肉や野菜をプレートに載せていく。確かに、俺よりも手際が良い。輪切りの玉ねぎやとうもろこしには直接醤油《しょうゆ》をかける。「岡本くん、お皿」と言われ差し出すとあっという間に肉やら野菜やらが盛られた。

「シバちゃんは？」

「食う！」

「よーし、焼くぞぉ～！」

やる気満々の彼女に甘えつつ、俺は腰を下ろした。ＢＢＱはあんまり好きじゃなかったけれど、気の合うもの同士でやったら楽しいんだなぁ。

「ほら、岡本くん、どんどん食べちゃって！」

溢《あふ》れんばかりに盛られる肉・肉・肉。トングを持ってこちらを眺めている音奏がなんだかスパルタ教師のように見えてきた。

「ありがとう」

「いいえ～、ほら焼けちゃうよ！　食べて食べて」

熱々の肉と野菜を頬張った。熱くてうまい、そして何よりすごく楽しい。

＊＊＊

ＢＢＱのあと、俺は音奏を送って久しぶりの１人と１匹の時間を満喫していた。

「なぁ英介～、たまには強いダンジョン行こうぜ」

「ん？　久々に力解放できて気持ちよかったか？」

「うん、でかい魚と戦う英介見てたらオレも戦いたくなった」

ちなみにシバは入るダンジョンの階級によって解放できる力が変わってくる。シバは最大限の力を発揮することができればかなり強い。本犬（？）はダンジョンの外の暮らしが気に入っているので、人間と一緒に外の世界で暮らしているが、本来ならダンジョンの中でも余裕で生き抜ける素質があるのだ。

「したら音奏抜きで今度行くか」

「オレも久々に狩りする」

「頼もしいなぁ」

「英介、ハラ減った」

「さっき、焼肉食ったろ？」

「夕飯は別もんだよ」

俺はシバの飯を作りにキッチンにむかう。お気に入りのカリカリとシバのためにストックしてある牛挽肉《ひきにく》をブレンドして……今日は牛脂を2個上に載っけてやる。

「そろそろブラッシングもしないとだしなぁ」

シバのケツについたモハモハの抜け毛を見ながら俺はちょっとうんざりする。抜いても抜いても永遠に出てくるんだよなぁ、コレ。

「新しいブラシ買うか」

スマホを取り出した時だった。

＋＋＋岡本英介様　お振り込みのお知らせです＋＋＋

銀行の口座情報アプリからの通知だった。会社をやめて数ヵ月、久々にみる通知にドキッとしつつ何気なく自分の口座名をタップした。

「はぁっ⁉」

思わずスマホをベッドにぶん投げて、俺は大声を出した。

「いやいやいや、まじかよ⁉」

嘘《うそ》じゃないよな……？　俺の目に入った「お振り込み」の後に続いた数字はとんでもない桁数だった。ほら、よくSNSで詐欺アカウントが載せている通帳のスクショみたいな。

「いち、じゅう、ひゃく……せん、まん、じゅう、ひゃく、一千万……？」

俺といえば、くそ余裕なダンジョンでキャンプしてただけだぞ……？　危険を冒して素材を狩っているわけでもなく、ただギャルとのんびりうまいもん食ってただけでこんな大金もらえるもんなんですか！

「シバっ！　いつも我慢してた高級カリカリ……買ってやれるぞ！」

「英介、ホントか？　無理してない？」

シバは食べている途中でこちらに顔を向けるとかわいらしく首をかしげた。

「無理してない……むしろ無理したい！」

「英介、意味わかんないぞ？」

「と、とにかく。食い終わったらペットショップ、行こう。なんでも買ってやる」

あと、少しばかり母親に送って……あとは全部貯金だな。あぁ、でも車も買い替えたい……！

キャンプ用品も欲しいのがいくつかあったんだよな。くっ、嬉《うれ》しくて脳がパンクしそうだ。

——まじで会社辞めてよかった。

＊＊＊

その数時間後、うちにやってきた音奏もほくほく顔だった。というのも俺がバズったせいで音奏の方のチャンネルにもたくさんの人が訪れたからだ。

「ほんと、命の恩人さまさまだよ〜」

「いや、俺だって会社辞めろって言われなきゃこうはなってないしお互い様だよ」

俺たちは高級シャンパンでも幻の日本酒でもなくいつもの缶ビールとコンビニのおつまみで乾杯した。缶から直接飲むこの感じがたまらなくうまい。

「シバちゃんのおかげもあるもんねぇ〜。そうそう、この前のマグマイルカ配信。シバちゃんが初めて配信内でしゃべったのが話題になっててさ、なんなら一番バズってたかも」

ケラケラと笑うと、彼女はジャーキーをシバに食わせる。

「なぁ、英介」

シバがちょこんと座り、ジャーキーを床におくと俺の方をまじまじと見る。

「どうした？」

「オレ、嫌な予感する。英介、音奏と契約しろ」

音奏が首をかしげる。

「シバちゃん、契約ってなに？」

「お前らちゃんと恋人のちぎりしろってことだ。英介がオレにメシ、くれなかったら英介死ぬ。でも、音奏と英介、恋人なら……英介がメシ作れない時、音奏からもらえれば英介死なないから」

シバの嫌な予感っていうクソ怖い予言は一旦おいといて、俺はこんなふうに音奏を恋人にしていいんだろうか？

「えっ？」

困惑する音奏。そりゃそうだ。そんな利害の一致だけみたいな提案嫌に決まっている。とはいえ、これは俺がずっと曖昧にし続けていた代償かもしれない。

「音奏、俺さ。シバの言う契約とかそういうの関係なく……俺は音奏に感謝してるし……その」

俺……頑張れ。

「好きだ……。だから恋人になってほしいと思ってる」

人生で告白した回数3回、うちフラれた回数3回。ちなみに、今俺の前にいるのは人気インフルエンサーで年下の高スペック女子だ。

「音奏でいいの？」

ちょっと真剣な声色にドキッとする。ここで俺はやっと彼女の表情を見ることができた。笑っているような泣いているような可愛いけど不思議な顔。友人の時間が長かったせいか、出会い方が特殊だったせいか、ちょっと恥ずかしくて……俺は頷《うなず》いた。

「私も大好き！」

彼女はバッと両手を上げると嬉しそうにブンブン振って満面の笑みを浮かべる。どんな喜び方だよ。

「ごめん、カッコ悪くて。焚《た》き付《つ》けられた感じになっちゃってさ。でも俺本気で……」

「カッコ悪くないよ！　かっこいいって！　私、ずっと待ってたんだよ？　も〜、鈍感な岡本くんを振り向かせるの大変だったんだからね！　って……岡本くん⁉」

告白が成功し、無事恋人になったというのに俺は床に転がっていた。今までに感じたことのない腹痛に声すら出せないでいる。

「うぅ……いってぇ……」

「英介！」

「大変！　救急車！」

6章　俺、入院する

「急性虫垂炎ですね」

「ちゅ、ちゅう？」

「あぁ、いわゆる〈盲腸〉ってやつです」

痛み止めで少しマシになったのかベッドの上で医者に説明されて俺は妙に納得が行った。そういえば、虫垂炎ってめっちゃ痛くなるって聞いたことある。

「検査して、明日の午後手術しますからね。えっと、この後は、ＥＲから一般病棟に移ってもらいますよ」

先生が俺に簡単な説明を終えると病室を出ていく。しかし、綺麗《きれい》なナースの人は動かない。それどころか、なんだか笑顔で俺をみつめている。

「あ、あの……何か？」

俺が声をかけるとナースはムッとした表情で口を尖《とが》らせた。非常に綺麗な人だ。背もすらっと高く、スラックスタイプのナース服がよく似合う外国人体型。気の強そうなメイクは俺好みではないが多分「美人ナース」なんて呼ばれるタイプの人なんじゃないだろうか。

「あら、ひどいのね。お隣さんは」

「えっ、高橋《たかはし》さん？」

「あ〜あ〜、ほんとひどいんだから。言ったでしょ。ERで働いてるって」

いつもと全然違う……。

「すいません、ほんと」

「でも、深刻じゃなくてよかったわ。緊急手術にはなってないし。この後、一般のナースが来たら病棟に行ってもらうから顔は見にこられないけどね〜」

高橋さんは「じゃ、お大事に」とナースらしいことを言うと足早に病室を出ていった。カーテンで区切られただけの病室には機械音が響いている。ダンジョンで怪我《けが》した人やそうでない人、とにかく瀕死《ひんし》の人たちが毎日運ばれてくる場所だ。

俺も、腹が痛み出した時は死ぬと思ったもんなぁ……。

「手術かぁ……嫌だなぁ」

外部からの攻撃や毒攻撃の耐性は付けられても、こういうトラブルは回避できないもんだなぁ。そういや、新入社員のころ何度か胃潰瘍で吐血したなぁ。懐かしい。でも、もう働かなくていいんだよなぁ。しばらく配信を続けてコツコツ貯金と運用して40になる前には引退できるくらいの貯蓄を……。

とのんびり独身生活を思い浮かべていたが、俺はハッと思い出す。そうだ俺、恋人ができたんだ……。ＦＩＲＥとか言ってらんねぇわ。

嬉《うれ》しいような恥ずかしいような。社畜を辞めて配信者になって人生初の恋人が人気者の超可愛《かわい》いギャルなんだよな。しかも年下……。きっと金もかかるし、一応彼氏なんだし色々欲しいものはプレゼントしたいし……。くっ、考えてたら腹が痛む気がする。

「あぁ、告白後にこんなん情けなさすぎるぜ……」

「失礼します。岡本《おかもと》さん、看護師の槙原《まきはら》です。検査と病棟の移動をお願いしますね〜。今どこか痛んだりしますか？」

「いえ、今は大丈夫です」

「では、車椅子にどうぞ」

俺は看護師の槙原さんに誘導され、ＥＲをあとにした。

＊＊＊

無事、手術を終えた俺は個室に入院していた。明日退院予定だ。医者からは退院後も数週間はダンジョンに入ったりなどの無茶な運動はしないようにと言われていた。

「おっすおっす〜、いとしのダーリン。シバちゃんが早く元気になれって言ってたよ」

「いや、ほんとありがとな。シバの飯、助かったよ」

不幸に塗《まみ》れて呪殺されるのはごめんだからな……。

「で、大丈夫なの？」

「あぁ、手術は成功だってさ。ただの盲腸だし。まぁ退院してしばらくはダンジョン禁止だってさ」

「残念……けど、会社員じゃないから健康診断もないしちょうどよかったのかも？　そうだそうだ、うちの事務所がね。是非岡本くんも所属しないかってオファーしてるんだけどどうかな？」

「考えとく」

ケラケラと笑う音奏《めろでぃ》を見ていると安心する。病院にくるからかいつもの香水の匂いはしないし、メイクもどことなく薄めだ。

「そうだ、よければだけど合鍵作っておけよ。俺から大家さんには伝えておくからさ。ほらシバはうち以外には行きたがらないし大変だろ？」

「いいの？」

「いいに決まってるだろ。いつも勝手に入ってるんだし気にするなよ」

「えへへ、うれしいな。彼氏のお部屋の合鍵……」

ニマニマ笑う音奏をかわいいななんて思いながら眺める。

「新しいパジャマも。ありがとう」

「いいえ〜、奥さんみたいでしょ」

敬礼をしてみせると彼女は時計をみてパッと立ち上がる。そうか、面会時間ももう終わる。

「じゃあ、また明日ね？」

音奏はふっとこちらに乗り出すと頬に優しくキスをして振り返らずに病室を出ていった。

俺はキスされた頬を大人気なく撫《な》でながら、心臓が爆発しそうになってちょっとだけ手術痕が痛むような気がした。気晴らしに売店にでも行こうか。

内視鏡での手術は本来は日帰りらしいが、念《ねん》の為《ため》の入院だしいいだろう。

「確か、レストランとかもあるんだよなぁ」

パジャマ姿のままぶらぶらしても何の違和感もないのでなんか変な感じだ。電子マネーは流石《さすが》に使えるよな？　なんて不安になりながら俺は院内の地図を見つつコンビニを目指す。

いくらか歩いてみたが、まったくコンビニは見えないしなんなら患者の姿も少なくなってきたような……？

ダンジョンでは平気なのに、こういう知らない建物では方向音痴を発揮するんだよなぁ……。はぁ。

道ゆくナースに声をかけようにもみんな忙しそうでバタバタしていて声がかけづらい。

なんか、社畜時代に忙しすぎて質問できなかった新人のころこんな感じだったなぁ。働いている時に忙しいオーラ出す人めっちゃ苦手だ。

「はぁ、引き返すか……」

と思った時だった。

「この人殺し！　まだうちの子は……うちの子は15だったのよ！」

悲鳴に近いような怒声に思わず振り向くと、そこには髪もボサボサで精神的に参っていそうな中年女性が刃物を持って医者とナースに怒鳴っていた。包丁からは血が滴り、ナースの腕からも血が滴っている。止めようとした何人かが傷つけられているようだった。

「ちょっと、稲垣《いながき》さん！　やめて！　誰か警察！」

「息子を、息子を返せ！」

よく見りゃ包丁を向けられているナースは高橋さんだ。そっか、みんな忙しそうだと思ったらここはERだったか。俺、どんだけ迷ってるんだよ……じゃなくて！

俺は結構本気で飛び出すと高橋さんと包丁を持った女の間に入った。

「っ！　岡本さん⁉」

「高橋さん、下がって、警察を」

「どきなさいよ！　うちの息子はね……ダンジョンで怪我をしてこいつらが急がなかったせいでぇぇぇ！」

振りかぶった刃物は空を切ったが、俺は高橋さんを庇《かば》うように手を伸ばす。医者の男は腰を抜かしたままだ。

「稲垣さん……息子さんはこちらに到着した時点ではもう……」

医者が余計なことを言うと稲垣さんと呼ばれた女性は余計にヒートアップする。

「患者さん、離れて」

「大丈夫っす。包丁くらいじゃ死なないんで、俺」

俺の返答に医者は首を傾《かし》げる。流石にERのお医者さんは配信は見ないか……。

「謝りなさいよ……息子に！　謝りなさいよ！　まだ未成年だったのよ！」

ヒステリックに叫び散らかす中年女性、謝る筋合いなんか病院にはないだろうに。

「ダンジョンでの怪我は自己責任ですよ。一生懸命助けようと処置をした医者やナースを責めるなんて間違ってると思いませんか。刃物を下ろして」

　ダメだ。おばさんは聞く耳を持たない。

「返してよ！　息子を返してよ！　ろくな仕事もできない医者が！　ナースが息子を殺した！」

「殺したのは……弱くてろくな判断もできない未成年がダンジョンに入るような環境を作った親の責任だと俺は思います」

　さっきまで騒いでいたおばさんが静かになって、俺の声がキンキンと病棟に響いた。その後すぐ、奥から大勢の足音がして、警察がすぐにおばさんを取り押さえた。

　その後、俺は医者と高橋さんから感謝はされたが警察にはこってり聴取されて散々だった。

　高橋さんから話は聞いていたがまさか自分が遭遇するなんてな……。俺もなかなかブラックな職場に勤めていたが、流石に包丁振り回すおばさんはいなかったぞ。

　最近、ダンジョンやら配信やらばっかりで、こういう多くの人が働いている場所に来ることがなかったから忘れていたけど、やっぱ……働くって大変なんだなぁ。

「岡本さん、先ほどはありがとうございました」

　なんて医者に饅頭《まんじゅう》渡されたけど、医者からしてみたらもう何がなんだかわからんよなぁ……ほんとご愁傷様だ。

　眠りにつこうとした時、俺のスマホがぶるぶると震えた。

〈メッセージ　1件〉

音奏だ。

〈岡本くん、例のL級冒険者失踪の件。記者ちゃんと探偵ちゃんが真実を見つけたって。明日、岡本くんの家に集合ね！〉

＊＊＊

「ただいま」

「おかえり〜！」

「英介《えいすけ》、遅いゾ！」

可愛い彼女と愛犬（？）に出迎えられて俺は数日ぶりに自宅に戻ってきた。音奏はシバに欠かさず餌をやってくれていたらしい。俺が死んでないからな。

「も〜！　寂しかったんだからね〜？」

「はいはい、すんませんでした」

「シバちゃんも、ねっ？」

シバはそっぽを向くがぶんぶんと尻尾を振っている。シバとは一緒に実家を出た大学入学以来、ひとときもかかさずに一緒にいたんだもんな。俺の体に異常がなかったのが奇跡って感じだ。

「ふあぁ、英介の顔見たら眠くなった」

シバは俺に何度か撫でられると満足したらしく自分の寝床で丸くなった。あぁ、なんて可愛いトースト色なんだ。シバが起きたらたくさん撫でてスンスンしてやる。

「音奏、ありがとうな」

「いいえ～、どういたしまして」

音奏の方はゆるっとしたTシャツ（俺の）にゆるっとしたスウェット（俺の）を着てうっすらとメイクをしている。コイツが勝手に人のものを着たり食ったりするのは前からだが、彼女となるとなんというか……支配欲がぐっと満たされるような。

「岡本くんにいいニュースと悪いニュースがあります」

「なんだよ畏《かしこ》まって」

「いいから、どっちがいい？　グッドニュース？　バッドニュース？」

なんか企《たくら》んでいるな？

「じゃあ、グッドニュース」

音奏は「待ってました！」とばかりにポケットに手を突っ込むと何やらチャラチャラ取り出した。

「ん？」

「合鍵、作りました！」

「あぁ、そういえば。大家さんに連絡しとくよ」

「でね、ついでにこれも買っちゃった。見て見て」

チャリ、と音を立てて揺れたのは合鍵にくっついたキーホルダーだった。よく見ると可愛い柴犬《しばけん》のモチーフで尻尾が動きに合わせて揺れるようになっている。

「かわいいな、シバに似てる」

「でしょ〜？　鍵屋さんの近くの雑貨屋さんで見つけたんだ〜。でね、岡本くんの分も買ったのでプレゼントです！　初めてのおそろいだね〜！　はい、これ。岡本くんの方の鍵にもつけてね？」

おそろい……か。なんか嬉しい。

可愛らしい柴犬のキーホルダーを速攻で鍵にくっつけて眺めてみる。なんか、めっちゃカップルっぽいな？　あぁ、カップルか。

「ありがとう。大切にするよ」

彼女はにっこりと笑うと、ささっとベッドの方へと向かう。そんでそのままの勢いでベッドの上に座った。

「続いて悪いニュースです」

俺はここでとっても嫌な予感に襲われて全身に鳥肌が立った。そう、音奏はシバの世話をするために俺の家に泊まっていた。多分、俺のベッドで寝ていた。そんでもって、1人で暇だから色々探ったんだろう。

「岡本くんはギャルが好きですか？」

「なんで敬語なんですか」

「岡本くんはギャルが好きですか？」

こ、こえぇ……。

俺はベッドの上で何故《なぜ》か正座する。

「ギャルは……好きです」

「じゃ、じゃあ……岡本くんはギャル＝ビッチだと想《おも》ってますか」

「は？　そ、そんなことは……」

「質問を変えます。岡本くんはビッチなギャルが好きなんですか⁉」

あぁ、やっぱり……まずいぞぉ。付き合いたてで彼女に見つかりたくないものNo.1の「セクシーなDVD」である。スマホで見る派ではあるが、こう……パッケージも楽しみたくてお気に入りのものは買っていたりする。

——黒ギャル、ビ○チな彼女の○おろし♡

「いえ、そのそういうわけでは」

音奏は俺のDVDを取り出すと目の前に並べる。どれもこれもギャルものでビッチな女の子が出てくるものだ。ちなみに女の子がリードする系である。あぁ恥ずかしい！

あぁ、俺の短い恋人期間が終了するかもしれません。儚《はかな》い夢でした。

「岡本くん、ビッチなギャルじゃないと……嫌？」

「へ？」

「だから……その」

てっきりキレられるかと思いきや、目の前の彼女は少しだけ不安げに俯《うつむ》いていた。

「あ、あぁ。これはその音奏と会う前に買ったもので、気分を悪くしちゃってごめんな。俺には音奏がいるんだしさ、すぐ捨てるから……」

「違うの、捨てなくていいよ。そうじゃなくて……私ね、あのね……」

俺がＤＶＤを捨てようとして、何故か音奏がＤＶＤを守るように抱きしめる変な図になって、頭が混乱する。

「音奏？」

「私、ギャルじゃん？」

「ギャルですね」

「でも、ビッチじゃないっていうか……そのえっと」

彼女は言葉につまって何度か俺をみつめて俯いてを繰り返す。俺はじっと彼女が話し出すのを待った。

「岡本くんはさ、このＤＶＤの子たちみたいな、ギャルで男の子をリードしてくれるようなビッチで可愛い子が好きなのかな～？　なんて思ってその実はね」

覚悟を決めたように息を吐いて、それから彼女はちょっと小さな声で言った。

「私……えっちなこと、したこと……なくって」

俺は「実はギャルはキャラ作りなんです」とか「童貞は無理です」とか言われるのかと思って身構えていたが……意外な方向性からの告白に息を呑《の》んだ。

すると彼女はマシンガンのように話し出す。

「ほら、カップルなんだし？　大人なんだしそういうことも将来的には考えたいなって思ったけ

ど、お掃除してたらこのかわいこちゃんたち見つけてさ？　岡本くんが私のことこういう可愛くてえっちな子だと思って好きって言ってくれてるのかな？　って思ったら不安になっちゃって。だって私ってそういう経験ないんだもん！」

わ〜！　と1人で盛り上がって音奏は俺に抱きついてくる。正座をしていたからかそのまま俺は受け止めきれずに後ろに倒れて、半ば押し倒された感じになった。

「俺は、その……経験がないとかそういうの気にしないし。恥ずかしいけど俺も素人童貞……だし？」

自虐っぽく笑って、起きあがろうとすると音奏はぎゅうっとさらに抱きついてくる。

「よがっだぁ……、じゃあまだ私のこと好き？」

押し倒されたような状況で涙目で見つめるのはずるいっすよ……。

「好きです」

「ちなみに、ちゅうもまだ……だよ？」

「そうですか」

自然と目を閉じる。ベッドの上、目の前には目を閉じる可愛いギャル。近づく唇……。

——ピンポーン！

突然の大きな音に俺たちはバッと離れてベッドから降りた。

「オマエら、犬も食わないぞ。いちゃつきやがって」

ちょっと嬉しそうなシバに照れながらも俺は来客を出迎えに玄関に向かった。

「どうも～！　週刊誌の記者やってま～す！　みうです！」

なんと目の前にいるゴリゴリのギャルが週刊誌の記者……だと？

俺の部屋でさっそくくつろぐギャルは音奏がクラブで出会った週刊誌の記者だ。ちなみに彼女は俺のパワハラ音源を世に流した張本人でもある。あの時は世話になったなぁ。

「で、こっちが探偵をやってる弟の琥太郎《こたろう》です」

琥太郎くんはどう見ても中学生か高校生といった風貌だった。探偵……？　アルバイトか？

「あっ、お兄さん俺のこと子供だと思ってるでしょ？」

琥太郎くんはまだ声変わりもしていないのか少年のような声だった。でも、違うらしい。

「ちょっといろいろあってね～、見た目は子供、頭脳は大人的な？　年齢はそこにいる音奏ちゃんと同じ20歳。立派な社会人だよ？　っても探偵だけどね」

なんとも癖の強い姉弟《きょうだい》である。が、彼らの「意外な容姿」は記者や探偵という仕事には有利に働いているらしい。そりゃ、道ゆくギャルや子供には警戒もしないからな。

「へぇ～、音奏の彼氏めっちゃかっこいいじゃん。も～、ずっと自慢してくるし胸焼けするってての～」

と、みうさんは茶化したが、バッグから大きな茶封筒を取り出した。

「も～、みうちゃん本題本題～」

「はいはい、L級の冒険者が日本にいないって話。ガチだったよ」

さっきまでの明るいほんわかした雰囲気は一変した。L級ダンジョンというのはその階級が細かく分かれている割には多くないが、Ｌ級の冒険者がいないというのはちょっとまずい気がする。

「まず、前提として日本にいたＬ級の冒険者は全部で11人。岡本さんはそのうちの１人だから、他の10人の話をするね。うち５人はＬ10以上でパーティーを組んでた。主に希少魔法石類を売って生計を立ててたみたい」

そうか、Ｌ級ともなればパーティー行動が基本だ。ヒーラー、タンク、サポーター、アタッカー、あと一枠は魔法だったり遠隔だったり。

「そのパーティーがね、数ヵ月前にとあるダンジョンに入ったっきり失踪したの」

なるほど、それはまぁ理解できる。パーティー壊滅ってやつだ。どんなに強くてもＬ級ダンジョンでは不測の事態が起こりうるからな。この前俺が行ったマグマイルカのダンジョンだってそうだ。いきなり上位互換が現れたりしたし。

「次に、政府に所属していたＬ級の冒険者５人、この人たちは主にＬ級ダンジョンの定期調査をする隠密《おんみつ》部隊的なやつね。通称・ＬＤＳ（Legend Dungeon Scouter）は５人パーティーで定期的にダンジョンを偵察していたんだけど……」

みうさんの表情が曇る。

「ＬＤＳは最初に失踪したパーティーの死亡を確認するために、同じダンジョンに潜入。その後、タンクのみが両腕を失い、半死の状態で帰還したわ。ただ、その人も数日後、政府管理下の病院で死亡した」

「それって、一つのダンジョンで10人が全滅ってこと？」

音奏の質問にみうさんは小さく頷《うなず》いた。

「最初の冒険者パーティーで一番階級が高かったやつはいくつかわかりますか？」

俺の質問にみうさんは茶封筒を開くと履歴書のようなものを取り出した。それは「冒険者手帳」のコピーだった。

「この人たちよ」

数々の輝かしい功績が並べられた手帳、いかにも強そうな顔つき。

Ｌ20といえばちょうど俺と同じくらいだ。その他のメンバーの冒険者手帳のコピーもあったが、どれもこれも猛者《もさ》でとてもバランスの良《い》いパーティーだった。

「ちなみに、ＬＤＳの情報は？」

「ＬＤＳは全員Ｌ45以上で構成されたチームだね。さすがに冒険者手帳は手に入らなかったけど」

まぁ、政府機関の個人情報は正直どうでもいいか。

「で、そのダンジョンってのはどこなんだ？」

姉弟は顔を見合わせる。次に口を開いたのは弟の琥太郎だった。

「白狼《はくろう》のダンジョン。階級はＬ15。半死で戻ったタンクを看護してた人によれば……白狼、白狼って何度もうなされてたらしいよ」

白狼の名前が出た瞬間、シバがぴくりと耳を動かした。俺も、心臓が止まるかと思った。白狼のダンジョンは……俺の親父《おやじ》が死んだダンジョンだ。

にしても政府管理下の病院の看護師を見つけ出してアタックする探偵こえぇ……。

「ってことは、本当にＬ級の冒険者は俺だけ……？」

「えぇ。そうね。政府は外国から例のダンジョンに討伐部隊を呼ぶらしいけど、正直、Ｌ45以上のＬＤＳがやられてるとなると……、まぁ今後どうなるかはわからないわね。現状、SSS級単独でのＬ級挑戦は絶対に申請が下りないようになっているわ。なぜなら失踪しても死体を回収しに行く人がいないから。岡本さんは強いし配信で生死がわかるから許可が出ているみたい」

なるほど、それで相田《あいだ》さんがあんなに焦ってたわけか。とはいえ、政府機関としてもダンジョンで何が起こるかなんてわからないし「絶対」はない。こうなったら海外から優秀な冒険者をヘッドハントするか、新しい人材の育成をするしかない。

「ま、私たちが調べた限り政府には強制する力はないし、今のところ特に岡本さんたちに何かあるってわけじゃなさそう」

「そうですか。うん、ありがとう。あの、探偵さんに個人的にお願いしたいことがあるんだけどちょっといいですか？」

＊＊＊数週間後＊＊＊

「岡本さん、どうもーっす」

俺がやってきたのは都内のカフェだった。まるで中学生男子のような彼は探偵の琥太郎君である。

「ばっちり、調べてきたっすよ〜。あ〜俺ブラックで」

彼はスマートにブラックコーヒーを注文すると俺の向かい側の席に着いた。探偵らしくハンチング帽をかぶっているが、なんというか幼さとは不釣り合いだ。

「じゃ、報酬はっと……確認しました」

彼はスマホで口座情報を確認すると少し大きめのリュックから茶封筒を取り出した。なんか、探偵っぽい。

「でも、どうしてこの人のその後が知りたいって思ったんすか？」

「その……俺も顔が割れてきたし復讐《ふくしゅう》とかそういうのが怖くてさ」

そう、俺は退院後、音奏の事務所に所属することが決まった。今のところまだ音奏と同じマネージャーさんが付いいたくらいで何も変わらないが、今後は広告動画を作ったり、うまく転べば公式放送やTVなんかにも出演できるかもしれないのだ。

となると、俺を恨んでいるであろう武藤《むとう》の存在が少し怖かったのだ。まぁ、襲われたところで絶対に負けないけれど、音奏に何かされたら嫌だし。現状を知っておきたいということだ。

「単刀直入に言うけどこれはちょっと胸糞《むなくそ》かも。武藤健三《けんぞう》。50歳。彼は会社を首になりネットに諸々《もろもろ》さらされた後、妻と離婚。高校生の一人息子の親権も妻へ。その後、家を失い日雇い労働者として働くもひどいいじめに遭い……最後は高架下で自殺をしてるね」

――死んだ……のか。

「そうか、ありがとう」

「あぁ、でも彼が勝手に選んだ道だ。岡本さんが気にすることじゃないと思うぜ。ただ、悪事を明るみにされただけで……じゃあ、俺はこの辺で」

琥太郎くんはくいっとコーヒーを飲み干すとカフェを足早に出ていった。俺は武藤の死体検案書のコピーを見る。ほんの1週間でこんだけの情報が集まるもんか……。

「ふぅ……今日は1人でゆっくりしてから帰るか。すみませんコーヒーのおかわりを」

俺は写真も調査書も全て茶封筒にしまって、この記憶をもう過去にしてしまうことにした。俺は音奏と一緒に配信者として前に進むんだから。罪悪感に身を焦がされながら、じっと会社員時代のことを思い起こしていた。もう少ししてから家に帰ろう。

＊＊＊

「ただいま」

「岡本くーん、キャンプ行こうよ〜」

感傷的になっていた俺とは正反対で彼女はいつも通り明るい。

「キャンプ？　配信」

「そうだよ〜、全然配信できてなくない？」

たしかに、L級挑戦がバズりすぎて全く配信をしてなかったなぁ。ちょっと落ち着いたし、新しいキャンプ用品でも見にいって久々にキャンプするか。

「そうだな。じゃあ後でキャンプ用品を買いにいって……」

「新しいの買うの？」

「あぁ、ファイヤースタンドと燻製器《くんせいき》が欲しかったんだ。それに、音奏の分の寝袋やマットも買ってテントも少し広いやつにしよう」

「ええ、一緒の寝袋でねようよ～」

「一応ダンジョンの中なんだから流石にそれはなぁ」

「ちぇっ～」

「音奏、仕事の予定は？」

「しばらく広告は入れてないよ～、ほら最近バタバタしてたし。それに彼氏との時間もゆっくり取りたいし？」

　と彼女がぎゅっと腕を組んでくる。可愛い……。仕事もしなくていい上に、可愛い彼女が毎日家にくるなんて幸せの極みだ。なんというか、配信者ってすごいんだな。まじで。

「じゃあ、買い物行きますか。シバ～」

「あいよ、なぁ英介。オレもキャンプの時用の新しい皿ほしい」

「了解、燻製器買うからジャーキーも美味《おい》しいの作れるぞ」

「ほんとか？　やった！」

＊＊＊

キャンプ用品専門店、久々の来店だがやっぱりテンションが上がる。しかも、前まではボーナス後でもなかなか手が伸びなかったちょっといい用具だって買えてしまうのだ。

「いらっしゃいませ～、ワンちゃんはカートにお願いしますね～」

「はい」

音奏がシバを抱き上げてカートに乗せた。シバはちょこんと座るとシバスマイルを店員さんに向ける。やりおるな……。

「えっと、寝袋は……ここか」

ピンからキリまであるが、音奏にはいいやつを買おう。一応、女の子だし。

「ねぇ、岡本くん。私これがいい」

音奏は一目散にあるコーナーに駆け寄って指差した。

〈2人用　寝袋〉

「まじ？」

「おおまじだよ！　これならキャンプでも一緒に寝られるし～！　ねっ？　いいでしょ？　これにしよ。ってことはマットもダブルのやつじゃないとダメだね～。あ、これかっ」

2人用の寝袋とマット、テントも新調しさらにはダッチオーブンにスキレット、キャンプ用の燻製器とチップも買った。ついでにペットショップにも寄ってシバのお皿も新しいものに。

「いや～、買った買った」

「新しいグッズでキャンプするの楽しみだね～！　お料理も楽しみ！」

「そうだ、美味しい卵がとれるダンジョンにしようか。ふわふわ卵のせカレーに燻製卵、絶品卵かけご飯……」

「いきます！　いきます！」

「じゃあ決まりだな」

「そうだ、岡本くん。ドラスト寄ってもいい？」

「いいけど、何か足りなかったっけ？」

「う……うん。そのシャンプーとかそういうの置いておいてもいい？」

突然彼女が照れるもんで俺も恥ずかしくなる。確かに、ほとんど入り浸ってるしデカめのやつが置いてあった方が便利だよなぁ。

「了解。シバ、ドラストは入れないから車で留守番頼むぞ」

「ん、わかった」

シバを残して俺たちはドラッグストアへと入店する。安心するこの安さ……ちょっとお菓子も買っちゃおうかな。

「俺この辺でカップ麺見てるわ」

「じゃあメイク落としとか探してくるね！」

しばらく袋麺やらカップ麺やらお菓子やらを眺めていると音奏が両手いっぱいに日用品を抱えて戻ってきた。カートにばさっと入れると「ふぅ」と息をつく。

「女の子は大変だな」

「まぁ、一応女の子の配信者だし？　見た目には気を遣わないとね～？」

「じゃあ、レジ行くか」

「あのさ、岡本くんちょっと待って」

「え？　他に買い残しか？」

「こっち」

彼女に引っ張られて俺は食品売り場から随分戻って、小さな通路に入った。俺の手を引く音奏の耳が真っ赤になっているのはそういう理由だったのね。

「ほら、カップルだけど……大事じゃん？」

「そ、そうだね」

「わ、私どれがいいとかほらわかんなくて。岡本くんってどれ使ってる……？」

使ってるも何も、普段はお店にある避妊具を使ってますなんて口が裂けても言えないし……一旦サイズが合ってればいいか。

「うちにあるやつはこれ、かな？」

「おっけぃ。覚えた。切らさないようになくなったら買い足すね……！」

といいつつ彼女は俺が指差した箱を5箱ほどカートに入れた。1箱に1個だと思っているんだろうか……それとも⁇

「じゃあレジ行こうか」

「う、うん！」

もしかしたら俺はあんまりゆっくりできない未来なのかもしれない……嬉しいけど！

「そうだ！　今度のキャンプさ、有紗《ありさ》ちゃんも誘おうよ！」

「高橋さんも？　いいけど」

「有紗ちゃん、ここのところ連勤やばいらしくってさぁ。シバちゃんに癒《いや》されたいらしい」

なるほど、そう言えば高橋さんと音奏は結構仲良しだ。俺が知らないところで、２人でご飯食べたりメッセしたりなんというかまぁ……。

「オレはいつでもイイゾ。お隣さん好きだし」

シバはたわわ派なので高橋さんによく懐いている。

「でも、高橋さん連休とれんのかな」

「どうだろう、聞いてみる。おっきいシバちゃんモフモフできるよって言ったらきそうだけど……」

「何がなんでも休み取りそうだな、それは」

「みんなでお出かけ楽しみだね。誘っとく！」

＊＊＊

今日は音奏を家まで送った後、すっかり遅くなってしまった。音奏のやつ、嫌ってほどイチャつきやがって……。

駐車場を出ると愛着の湧いた軽自動車に鍵をかけて部屋へと向かう。シバはもう寝てるかな。今夜のSNSにアップする写真がほしかったんだけど。

アパートの階段を上がると、見慣れた光景が飛び込んできた。

スウェット姿で廊下で爆睡する高橋さん、その手には一升瓶。ぐごぉぐごぉと豪快ないびきは……とてつもない色気のなさである。

「高橋さーん、ここは外ですよ〜」

「うぅ……おそとぉ」

「はいはい、お外ですよ〜。部屋はいりますからね」

俺は一旦高橋さんを持ち上げるとドアを片手で開けてなんとか彼女を玄関の中に下ろした。長身なこともあって音奏よりも重い。

「高橋さん、鍵閉められます？」

「しめられりゅ〜」

「とりあえず、お水持ってきますね」

「お酒〜」

「お酒じゃなくてお水ですよ」

俺は一旦、高橋さんの部屋を出て家に戻りグラスに水を入れる。前までは「困った人だなぁ」なんて思っていたけど、この前入院中に遭遇した刃物おばさんのことを思い出すと高橋さんがこうなってしまうのも理解できなくはない。

全員を救うために働いているのに、高橋さんだって死なせたくなかったはずなのに、遺族の矛先が彼女たちに向かう。そんなことが毎日のように起こるんだ。俺には考えられないな……。

「お水ぅ」

「お疲れ様です」

「ありがとぉ……」

グラスを両手で持ち、ゴクゴクと水を飲む高橋さん。医者の不養生なんてよく言うけど、肝臓壊すぞ。まじで。

「じゃあ、鍵。閉めてくださいね」

「はあい」

「おやすみなさい」

「おやすみ〜」

俺は丁寧にドアを閉めると、鍵の音がするまでちょっと待った。しばらくすると鍵がガチャリとかかったので部屋に戻る。

「ただいま」

「おう、遅かったな」

「高橋さんが潰れてたからな」

「そうだ、英介。コレ、こんなにいるか？」

シバが鼻で突いたのは音奏が大量に買った避妊具だった。盛った高校生でもこんなに買わんぞ……。というレベルで積んである。

「音奏のやつ買いすぎだな」

「オレ、よくわからんけどこれいらないと思うぞ」

「いるだろ。無責任に妊娠させたらどうすんだ。あの子まだ20歳だぞ」

「英介の母ちゃんはそんくらいで英介産んでたぞ」

この犬やっかいである。というのもこんなに可愛いトースト色のクセに俺のことを俺よりも知っているのだ。

「まぁ、順序ってもんがあるわけよ」

「音奏が英介の子供産んだらオレ、あと100年はお外で過ごせるし……赤ん坊はミルクの匂いがして好きだ」

「まぁそれは……2人のタイミングでな」

音奏が聞いたら「結婚する！」と騒ぎ出しそうでちょっと怖い。配信者同士で所帯を持つなんて見たこともないしな……。マネージャーさんにお願いして案件をやってみるなりしないとな。

「なぁ英介」

「ん？」

「絶対、音奏を悲しませちゃだめだぞ」

「わかってるよ、相棒」

「わかってるならいいけどさ、オスは番《つがい》ができると弱くなるもんだから」

そのフラグやめてくれ～。洒落《しゃれ》になんないわ。

「まぁ、SSS級以下のダンジョンでキャンプしたりダラダラ配信してゆっくりするよ」

「それがいい、早くしろ。写真」

「あっ、すんません」

シバの可愛いお願いポーズを写真に収めると、彼はベッドに丸くなった。

SSS級相手に無双してキャンプと料理動画配信して、案件もらって生計を立てる。それで十分なはずなのに、俺は何かが引っかかるような気がしていた。

——でも、シバの予言は当たるのでしばらくはやめとこう……。

最終章　俺、新しい家を借りる

「お疲れ～！」

「高橋《たかはし》さん、連休取れたんすか」

「もぎ取った！」

「よっしゃ！　じゃあしゅっぱ～つ！」

音奏《めろでぃ》は助手席に座り、高橋さんはシバと一緒に後部座席に座った。彼女はもうシバにメロメロで表情が崩れている。

配信でシバが喋《しゃべ》っているのがバレたので、高橋さんもシバを喋らせては「可愛《かわい》い」を繰り返していた。

「今日はS級ダンジョンです。えっとダンジョンボスはビッグコカトリスで卵がうまいので行きます。道中、鳥系のモンスターが多いのでうまそうな卵があれば拾っていこうかと」

「へぇ～、音奏いいなぁ。料理上手で優しくて強い旦那さん！」

「えへへ～、いいでしょ～。岡本《おかもと》くんは日本一の旦那なんだよ～」

「そっか、日本で一番強い男……なんかぐっと来るわね」

「でしょでしょ～？　私初めて会った時からビビッときててやっと夢が叶《かな》ったって感じでぇ」

まだ彼氏ですけどね。こんなふうに堂々と自慢される日が来るなんて思ってなかったからちょっと嬉《うれ》しい。

「あら、私お邪魔じゃなかった？」

「ほら、迷惑系をおっぱらってもらったお礼もできてなかったですし、ゆっくりキャンプを楽しんでください」

「そうだよ！　それに有紗《ありさ》ちゃんとキャンプしたかったんだっ。女同士でお酒も飲みたいし。自慢の彼氏の料理も食べてほしいし！」

「そうだ、俺ら配信しますけど、高橋さんその間映るの嫌だったらマスクとか渡します」

高橋さんは「よくぞ聞いてくれたわ」とばかりにドヤ顔になる。

「配信、するのかなぁ～と思って昔の防具引っ張り出してきたんだよね。テント設営したら着替えてもいい？　もちろん、映り込みＯＫよ」

そういや、高橋さんは元冒険者だ。辛《つら》い経験から冒険者をやめて看護師をしているらしいが……。

――めっちゃノリノリだな。

「どうぞ、配信はビッグコカトリスを倒すだけなんで俺１人でも十分ですが……」

「だと思って、とびっきりセクシーなの持ってきたの。ふふふ、私はシバちゃんをもふもふして美味《おい》しいご飯を食べるのよ！　セクシーな服を着て！」

なんというかまぁ高橋さんはすごいなぁ……。ワンチャン、配信者になりたいのか？　絶対バズると思うけども。

「まじ？　有紗ちゃん可愛い衣装着るなら一緒に写真とろーよ！　アガる～！」

こっちもこっちでギャルだからな……。久々にこの2人が話しているのを聞いたけどなんというかノリが軽くて明るい陽キャって感じだ。でも、この会話を聞いているだけでなんとなく心地がいいな。

「そういえば、高橋さんタンクって言ってたっすよね？」

「うん、流石《さすが》に斧《おの》は持ってこなかったけど盾はあるよ」

「タンク⁉　かっこいい～！　看護師だし、ヒーラーだと思った！」

「ふふふ、実は体力には自信があるの。トライアスロンとかもできちゃうんだから。体力は重要よ、体力は」

なんだその意味深な言い方は……。バックミラー越しに見える高橋さんは悪い顔をしている。

「トライアスロン……すごい。私も体力つけないと！」

何かに閃《ひらめ》いたように音奏が深く頷《うなず》いた。

「だって……」

話が下ネタに走りそうだったので俺は遮るように「つきましたよ～」と声をかけた。

＊＊＊

「有紗ちゃん、その衣装えっちすぎるよぉ！」

まさにその言葉の通りである。「女戦士」と言われれば、ゲームではピンク色のビキニアーマーが定番であるが、まさにそっくりそのまま画面から出てきたようなセクシー衣装である。

「それ、防御力あるんすか？」

「盾が重い分、装備は軽めなんだよね～」

「そういう問題じゃない気が……、念《ねん》の為《ため》シバに乗っといてください」

高橋さんは目を輝かせる。シバは俺の言葉を聞くとぼふっと大きな音を立てて巨大化して高橋さんが乗りやすいように身を低くかがめた。

「わぁ、もふもふだぁ……しつれいしまぁぁす。あぁ～～～～～」

まるで絶頂したみたいにとろけた高橋さんはシバにぎゅっと抱きつくような形で毛の中に埋まっていった。まぁ、幸せならＯＫです。

俺は木の上のモンスターの巣を見つけよじ登った。すると美味しそうな卵が４つ。

「音奏～、下で卵うけとってくれるか～？」

「了解っ！」

俺はキャンプ地に行くまでの間にいくつか卵をとっていく。無論、Ｓ級ダンジョンなのでモンスターたちは引っ込んでしまっている。

「久々ののんびりだねぇ～」

「だなぁ。設営が終わったら俺はビッグコカトリス倒しに配信始めるわ」

「了解、私はシバちゃんと有紗ちゃんと料理の準備しとくね」

「火おこしと米だけ頼むよ」

「え〜、ソーセージ燻製《くんせい》したい」

「あぁ、そっか燻製できるんだ。いいぜ、チーズとジャーキーもあるからシバにもあげてくれ」

「うんっ、あのさ。配信の終わりに付き合ってること発表していい？」

「あ〜、うん。そうしようか」

俺たちは中層のキャンプ地に到着し、それぞれ準備を始める。カメラをセットしたり、衣装を整えたり。シバはプルプルと体を震わせて毛並みをもふもふにしていた。

「では、ビッグコカトリスを倒したいと思います」

同時接続者数は10万人。ありがたいことにバズってから俺にも固定ファンというものがついたらしい。

「音奏とシバは特別ゲストと一緒にキャンプ地で待機中です」

ゲストの言葉に盛り上がるコメント。高橋さんが映ったら死ぬほど盛り上がるんだろうなぁ。ビッグコカトリスのいるこのダンジョンは、広い乾燥地帯の草原になっている。どこからともなく風が吹き、獣型のモンスターたちが散り散りになって逃げていく。

「今日はビッグコカトリスの肉と卵でチキンカレーのふわふわ卵載せをつくります」

なんて話していると大きな羽音と「ぎゃー」と耳をつんざくような鳴き声が響いた。ビッグコカトリスは平たく言うと空飛ぶダチョウのような見た目をしていて大変地味だ。

「イヤホンの方、音量にご注意！」

俺はしっかり耳栓をつけて弓を引き絞った。できるだけ叫び声を出させないために首を狙うか……。

ビッグコカトリスは翼を揺らし、麻痺《まひ》性の毒がたっぷり含まれている羽毛を雨のように飛ばしてくる。が、俺はそれを全て避《よ》ける。

食いたい肉はもも肉、胸肉だな。じゃあやっぱ、首だな。

俺はあの手この手で猛攻を繰り広げるビッグコカトリスをいなしながら、弓を引き絞ってしっかりと狙いを定める。ビッグコカトリスの細い首のちょうど真ん中あたりに向かって矢を放つ。

「ぐぴっ？」

やつは大声を出そうにも出せない。そのはずだ。俺が放った矢はやつの首を貫通し、首がごろりと地面に転がったからだ。あまりの速さで矢が貫通したせいか体も頭もまだ動いていた。

「よし、ビッグコカトリスの麻痺毒も素材として採取しようかな」

〈速すぎて見えなかった……〉

〈いつから君の首が繋《つな》がっていると錯覚していた……？　コカトリス「えっ（ひゅん）」〉

〈っぱ、無双ですわ〉

〈これはいいスカッと〉

〈コカトリスってうるせ～し、つえ～しでグダるイメージだけどこんなに早いのは草〉

〈見た目ダチョウだけどな〉

〈飛ぶぞ（二つの意味で）〉

「では、捌《さば》いている間は蓋絵にするんで質問どぞ。読み上げモードにします」

〈キャンプするならどこがいい？〉

「うーん、ダンジョンでキャンプは危ないんで真似《まね》しないでください」

〈ギャル好き？〉

「ギャルは好きです」

〈一番好きなダンジョンメシは？〉

「実は海系のダンジョンで釣った鬼火マグロが好きかなぁ。中落ちユッケがとにかく最高」

〈海系ダンジョンはしんどい？〉

「水中カメラがしんどいかも。ドローン的なのないしね。どこかの企業さんが開発してくれたらぜひ……やりたい」

〈そういえば、配信の最後に重大発表ってま？〉

「はい、まぁ重大ってほどでもないかもだけど……お楽しみっと。よし、捌き終わったのでキャンプ地まで移動します！　今日はこのまま配信で音奏とゲストがいるところまで戻ります」

〈本体はよ〉

「じゃあ戻りますか」

＊＊＊

「みなさんこんにちは～！　お友達のアリサです！」

高橋さんがカメラに向かって手を振る。しっかりとシバを抱っこしているので絵力がすごい。セクシー戦士お姉さんに柴犬《しばけん》。俺たちよりもバズるんじゃないか……？

「今日はお二人のキャンプに参加しにきちゃいました。うふふ」

コメントは大盛り上がりである。うん、やっぱ可愛いは正義だな。

「アリサさんは明日以降に投稿する料理動画でちょこっと登場します。じゃあ、最後に俺と音奏からお知らせです」

音奏が真っ赤な顔で俺の隣に並ぶときゅっと俺の手を握った。高橋さんは画角の外にはけてカメラのちょうど後ろ、つまりは俺たちの正面でニマニマしている。

「えっと、この度岡本と」

「伊波《いなみ》音奏は……」

一拍置いて、俺たちは息を合わせる。

「正式にお付き合いすることになりました」

ぱぁ～ん！　とカメラの後ろから高橋さんがクラッカーをサプライズで鳴らして、俺はビクッとしたもののなんか嬉しくて自然と笑顔になった。音奏もびっくりしつつも俺に抱きついて嬉しそうに笑っている。

シバもここぞとばかりに画角に入り込むと、後ろ足で立ちあがり器用に拍手をしてみせる。本体様のパチパチにコメントはより一層盛り上がり……。

「じゃ〜、今日の配信はここまで。料理動画と今後の配信についてはＳＮＳでお知らせします」

音奏が「バイバ〜イ」といつものように手を振って配信を終了した。

「ちょっと〜、イチャイチャしちゃってさ〜。でもおめでとう」

高橋さんがシバを抱っこしつつ俺たちを茶化す。非常に恥ずかしかったが、それと同時にすごく嬉しかった。自分のような人間がたくさんの人に祝福されるなんて……。

「ありがとうございます」

「ふふふ、じゃあお礼にたくさん美味しいもの食べさせてもらおうかな〜？」

「了解です。音奏、料理動画の準備お願いできるか？」

「はーい！」

音奏に物撮りの準備を任せつつ、こちらではせっせと食材たちを取《と》り揃《そろ》えていく。

「高橋さん、燻製機の中の卵と肉を少しシバにあげてみます……？」

「あげるあげる！」

シバもノリノリである。シバと高橋さんのツーショット一番いいねがもらえそうだな。セクシーとかわいいだもんな。

「もうすぐご飯炊けそ〜」

音奏が飯盒《はんごう》の様子をチェックしてくれているので俺はチキンカレー作りを進めていく。今回は豪華に2種類。トマトベース、ほうれん草ベースで事前に作ったカレーソースに、火を通したビッグコカトリスのもも肉を投入する。もも肉は表面をかりっと焦がしてから……。

2種類のカレーをそれぞれダッチオーブンで煮込みつつ、俺は溶き卵を必死で作る。ビッグコカトリスの大きな卵を丁寧に割ってから白身と黄身が完全に混ざりきるようにかき混ぜていく。

「音奏〜、ご飯が炊けたからバター混ぜといてくれる？」

「了解〜！　あぁ〜カレーのいい匂い」

スキレットにバターをひいてたっぷりの溶き卵を入れる。ふわふわオムライスをつくる要領でかきまぜながら卵に均等に火を通していく。ちなみに、コカトリスの卵は生食もできるので半生でも問題ない。

「高橋さ〜ん、ほうれん草とトマトどっちがいいっすか？」

シバに夢中な高橋さんに声をかけると彼女からは、

「どっちも！」

と難しいオーダー。

「じゃあ、牛丼のあいがけ方式だね〜」

音奏はご飯を皿の中央に盛り、半分にトマト、半分にほうれん草カレーを注ぎ俺にひょいと渡してくる。俺の彼女天才かよ……。

俺はできあがったふわふわオムレツをカレーの上に載せてテーブルの上に置いた。

「できましたよ〜」

「わぁ……これナイフでぱっかーんってするのよねぇ」

「はい、お先にどうぞ」

「いっただきまーす」

美味しそうに食べる高橋さんを音奏が撮影して、俺は音奏のトマトカレーに次のふわふわオムレツを載せた。

「はい、これは音奏のな」

自分の分を作ろうとした時、シバが俺の膝をカリカリとひっかく。

「シバ、どうした？」

「英介《えいすけ》、オレもふわふわたまご食べたい。カリカリにかけて」

「了解」

俺は一旦テントに戻るとシバの餌を皿に入れる。お気に入りのカリカリにちょっと高いカリカリをブレンドしたものだ。

シバは犬神《いぬがみ》だからしょっぱいものでも大丈夫だけど、素材の味が好きだからバターと塩胡椒《こしょう》は抜きで作るか。

「ちょっと待ってろ」

「英介、ありがとう」

シバのオムレツを作っている間、向かい側では高橋さんと音奏がカレーを食べさせあったり喜んだりする多幸感溢《あふ》れる撮影が行われていた。ここはダンジョンだぞ……？　幸せかよ！

「あいよ、シバ。熱いから気をつけな」

俺はスマホでシバがハフハフするところを一通り撮影してから自分のオムレツカレーを作った。ふわとろで甘い卵、弾力があってしっかりとした食べ応えのもも肉、そしてそれが投入されたキャンプの定番であるカレーの出来上がりだ。

——控えめに言って最高だ。

「撮影終わったか？」

「うん、ばっちり！　お先にありがとう」

「いえいえ、いただきます」

俺もやっと一口、うまい。

「さ、やっと主役が来たんだし燻製とビールで乾杯しますか！」

高橋さんがクーラーボックスからビールを取り出して俺たちに手渡す。燻製チーズとソーセージ、かまぼこにさきいか。いや～香りだけで一杯いけますわ。

「かんぱーい！」

ビールをぐいっと飲み込んで、燻製チーズをカレーにディップすれば最高のおつまみに変身する。

「ダンジョンの中でキャンプするってどんなもんかなぁって思っていたけど、最高ね」

高橋さんはもう一本目のビールを空けて新しいものに手をつける。

「でしょ～？　私も最初はびっくりって感じだったけど、やってみると小学校の頃のキャンプみたいで楽しいよね」

「それ、すっごい懐かしい」

高橋さんは少しだけ寂しそうな表情で遠くを眺めた。高橋さんにとってダンジョンは楽しい思い出と悲しい思い出が入り混じる場所なのだ。

「カリカリチーズ食べる人～」

俺がそう言うと2人と1匹は目を輝かせる。感傷的な感じになるのは少し嫌だったし、高橋さんにはこれ以上罪悪感を感じて欲しくなかったのだ。だからこそ、美味しいものと酒ともふもふとを堪能《たんのう》してほしいと思う。俺の気持ちを読んだのか、シバが高橋さんの膝の上にちょこんと座る。

「あらぁ～シバちゃん」

高橋さんはデレッと鼻の下を伸ばすとシバに頬擦りをしたり、吸い付いたりして奇妙な鳴き声をあげ出した。

「ねぇ、有紗ちゃん。少しは仕事の息抜きになってるといいけど」

「だな。多分、なってるだろ」

音奏は、高橋さんのシバ愛にちょっと引きつつも笑顔になった。俺も釣られて笑顔になる。

「さ、めろちゃん特製のねぎま串いかがですか～?」

炭火で焼いたコカトリスのもも肉と家から持ってきたネギ。もも肉からはジューシーな脂が滴り、ネギはとろっといい具合に焼けている。

「食べた～い、ビールもおかわり～」

「俺もいただきます」

ぷりっぷりでジューシーな肉汁と甘くてさっぱりしたネギが調和し、ちょっと多めの塩胡椒が最

高に酒をそそる。野外で食べる焼き鳥のうまさったら……最高だ。

「よぉぉし、有紗ちゃん。岡本くん。今日は飲むぞ〜！」

ビールを片手に俺たちはもう一度乾杯した。

＊＊＊

「高橋さんまじで言ってます？」

「おおまじよ！　こんなの一生に一回あるかないかでしょ？」

「いや、ここダンジョンっすよ？」

「ダンジョンでもなんでもいいの！　私はもふもふの大きなシバちゃんに包まれて寝るんだから！」

高橋さん、テントの中に寝袋を用意したが絶対にシバと寝ると言って聞かない。まぁちょっと予想はついていたんですけどね。

酔っていることもあってワガママに拍車がかかってやがる。

「シバ大丈夫か？」

「おう、まかせろ」

シバがたわわ派でよかったですね。高橋さん。彼女は巨大シバが丸くなってる中央に身を収めると「もふもふ」とか「ちゅぅ」とかモゴモゴ言いながら眠りについたようだった。

「じゃあ、俺らも寝ますか」

「うん」

音奏と俺はテントに入り、２人用の寝袋に足を入れた。そもそも、テントという狭い空間に２人きりで入るのは初めてだ。しかも、２人用の寝袋……。

「あの……さ」

「どうした？　寒い？」

俺は緊張して口数が多くなる。

「ううん、手。繋いでもいい？」

「あ～、いいよ……」

音奏が寝袋の中で俺の手を探りきゅっとカップル繋ぎをする。そのまま握り合った手を俺の腹の上に位置取らせた。

「岡本くん、あったかいね」

「そうっすね」

「なんで敬語？」

「緊張してて……ほら恥ずかしながら彼女とか初めてだし」

「じゃ、その……みんなに発表したことだしさ。シてみませんか？」

音奏がじっと見つめてくる。ランプの小さな灯《あか》りだから余計に可愛く見えて破壊力が抜群だ。

「で、でもここダンジョンだし。外には高橋さんもいるし」

音奏がぐっと体を寄せてくる。腕にあたる感触が柔らかくて俺は覚悟を決める。あれ、でも持ってきてないな……？

「岡本くんのえっち……」

耳元で囁《ささや》かれて、俺は自分が盛大な早とちりをしていたんだと気付かされる。そうだ、彼女は「何を」するのか言ってないじゃないか。

「えっと、何をしてみたいんだ……？」

「それは、その……だから、き、き、キスとか」

そうだ。この前しようとして……できなかったんだっけ。なんて思い出していたら彼女が手をぎゅうっと握ってくる。緊張しているのか少し震えているのか……？

「岡本くん、しよ？」

一番カッコいいキスの仕方とか、こういう時全然思い出せなくてためにならなくて、多分すごくカッコ悪かったかもしれないけど……。

俺はそっと彼女の頬に触れてゆっくり抱き寄せてそれから唇を重ねた。

＊＊＊

楽しいキャンプを終えて俺たちは帰路に就く。

高橋さんは「明日から鬼の3連勤！　しかも夜勤もある！」と現実離れしたことを言っていた。

夜勤からの日勤もあるだと……？　ブラックにも程がありませんか？

そんな中俺は、マネージャーの雪平《ゆきひら》さんと打ち合わせ中だ。雪平さんは40代のベテランマネージャーで3児を育てるパパさんだ。

音奏と俺の他にも何人かのインフルエンサーをまとめて面倒見ているらしい。

「いや～、こんなに祝福されるとはね～」

そう、雪平さんの言うように音奏との交際発表後SNSには祝福のメッセージが大量に届いた。

俺と音奏のくっつきそうでくっつかない感じをカップリングして応援していた層がかなり多いようだった。

「俺もありがたい限りです」

「やっぱり、あの配信切り忘れで岡本くんが紳士だったのが逆によかったみたいだねぇ」

「とんでもないです」

雪平さんは事務所のバースペースでコーヒーを淹《い》れ終わると俺を会議室に案内してくれた。俺がいたような昭和な企業ではなくイケイケのベンチャー企業。何もかもがカラフルでおしゃれだ。

会議室がソファー……？

「どうぞ」

「ありがとうございます」

「じゃ、早速だけど今日は岡本くんに案件の提案があってね」

雪平さんがノートPCをモニターに繋ぐと企画書を共有した。企画書なんて見るのは久しぶりで……社会人時代を思い出すなぁ。

「おっと、こっちは企画書だね。岡本くんには説明用のこっち」

画面には有名なメーカーの名前と「新商品」と文字。

「カップ麺の広告動画、しかもアレンジは岡本くんが考えてほしいってさ」

そこには日本一のカップ麺を展開するメーカーの名前が書かれていた。俺も社畜時代からお世話になっている。たくさんのフレーバーとお湯を入れて数分で食べられる手軽さ、ゴミや洗いものが多く出ない構造……控えめに言って最高である。そんな商品のCMを俺が……？

「さすがにダンジョンの中はNGなんだけど、岡本くんの家で撮影してほしいって指定が来てるよ」

なんでもダンジョンの中で食品の広告を撮影してしまうと「ダンジョン内で座って食べる」という一般人にとっては非常に危険な行為の誘発になってしまうからだそう。まぁ、その通りだ。

「内容は、新作カップ麺のアレンジを撮影、レシピを投稿。食べるシーンはあってもなくてもOK。企画例〈彼女がいない日のカップ麺アレンジ〉……まぁ企画例は無視していいよ」

なるほど……、よく動画投稿者がやってるアレだな。◯◯やってみたとか。

「はい、是非」

「で、報酬はこんくらい」

目玉が飛び出るかと思った。

「まぁ〜ざっと今のところは効果計測でどのくらい数値が出るかわからないから登録者数イコール1円でって感じかな」

俺のチャンネルの登録者数は今120万人である。たった1本の動画を楽しく撮るだけで……？

「禁止事項は、他社の類似製品の映り込みだけだね。じゃあ、撮影と編集のスケジュールが決まったらメールしてくれると助かる。一応、新商品の発売日に投稿してほしいみたいだから、そうだなぁ～」

雪平さんは仮のスケジュールを出してくれたがかなりゆったりしたものだった。

「ありがとうございます！」

「おっ、いいねぇ～。じゃ、新商品は郵送するから動画ができたら僕にメールしてね。一応、クライアントから字幕やアフレコの直しが入るかもだけどいいかな？」

「はい、誠実に対応します！」

「さすがは社会人、じゃあ頼んだよ」

俺は契約書にサインをし、インフルエンサーとして初めての仕事を決めた充実感に胸を膨らませながら帰路に就いた。

——翌日。

「お届け物でーす」

「あざっす」

いつもの宅配のお兄さんに挨拶をして俺は段ボール箱を受け取った。もちろん、送り主はマネージャーの雪平さんである。無地の段ボールなのはこの中に入っているカップ麺が新作発表前のものだからだろう。

「えっと、メールは」

ＰＣを開いて、メールに添付された「案件依頼書」を確認する。ここには禁止事項やクライアントからの希望事項がいろいろと記入されていた。

「なになに、動画にシバ様の映り込み希望。企画、ＳＮＳ投稿はシバ様もご一緒していただけると幸いです、だってよ」

シバはくわっとあくびをするとこちらにやってきて一緒にＰＣの画面を眺める。

「オレ、カップ麺は好きじゃないぞ。熱いし」

「違う違う、可愛いシバ様が一緒に映ってると購買意欲が湧くんだろ？　ほら、こういうののＣＭって基本美人な女優さんとかだろ？」

「じゃぁ、犬用のおやつでもつけてくれよなぁ？　気が利かね〜の」

今日のシバはちょっと不機嫌だ。というのも、今朝の散歩中に、お気に入りの散歩仲間であるポチ子（柴犬　メス２歳）に会えなかったからだ。ポチ子はまんまるの豆柴で普通の犬だがその可愛さったら……俺もシバもメロメロなのである。

「どーする？　いいね50万のシバ様」

「まぁ、協力してやらんこともない」

クライアントさんがこういう指示をしてくるのもわかる。だって俺のＳＮＳは露骨に「シバが映っているか」「そうでないか」でいいね数が違う。

本体なんて呼ばれているが最近ではプロ犬なんて呼ぶ人もいる。ちなみに、シバの正体を犬神だと明かしてはいないが、しゃべっているところが配信されているのでモンスターだということはバしている。

テイムモンスターは契約と役所への申請でしっかり監視されてはいるものの、流石に「犬神」がほしいとみんなが騒ぎ出しては困るしな……。

「じゃ、ちょっと画角整えるわ」

「ん、英介。オレのブラッシングを先に頼む」

「はいはい」

ごろんと腹を出すシバを丁寧にブラッシングする。まだ換毛期の前だからそんなに抜け毛はないが見た目がつやつやとする。シバの首飾りもいろんな種類欲しいな……。風間《かざま》さんに頼んでいくつか作ってもらうか。蝶《ちょう》ネクタイとか。

「英介、案件って仕事だろ？」

「まぁ、そうだな。企業の人たちとやりとりして頑張ったらお金がもらえる」

シバは耳を下げてしまう。

「英介、仕事辛くない？」

そうだよな。俺はずっとここで仕事の辛さに耐えてたんだった。シバにとって仕事＝辛いものという認識なんだろうな。

親父《おやじ》は冒険者だったからそもそもプー太郎だし。親父が死んだ後、母親は朝からパート、夜は水商売で休みなく働いていた。ついでに隣の高橋さんも仕事しんどそうだし。

だからシバはこういう幸せな仕事を知らないのだ。

シバのおでこを優しく撫《な》でながら俺は答える。

「辛くないぞ。この仕事はきっと楽しい。音奏とおんなじ仕事だ。しかも、お金もいっぱいだ。ごめんな、心配させて」

「英介が平気ならいい。ほら、さっさと撮影しようぜ」

＊＊＊

「岡本英介の休日〜カップ麺アレンジ編〜　ｗｉｔｈ　本体」

なんどタイトルを考えてもうまいこと行かない。カップ麺のアレンジ自体はすんなり決まった。味噌《みそ》風味のスープを豆乳で作り、豆板醬《トウバンジャン》を加えることでマイルドだけどピリッと辛い夜中のお供に仕上げたのだが……。

「だれがこんな男の動画見るんだぁ？」

所々にシバが映っているものの本当にこんなもんに需要があるんだろうか。でも、クライアントの期待に応えたい……！

「ギャルを落とす必殺のアレンジ！　いや、流石に露骨すぎるか」

やっぱり、俺の需要は音奏と共にあることだろう。となれば……。

「彼女に食べさせたいカップ麺アレンジ！　これだ！」

「英介、メシ」

「おう、今日は何がお好みで？」

「カリカリとささみ」

「了解」

俺はシバの飯を作ってから地獄の編集作業に取り掛かるのだった。

動画編集作業を続けているとなんだが悪いループに入ってしまう。あれもダメこれもダメという気持ちになって先に進まなくなるのだ。

「うぅ……行き詰まってきた」

深夜2時。

勤め人ではない俺は生活習慣が狂いがちだ。朝はシバのエサの後、大体二度寝。好きな時間に起きて好きな時間に寝る。音奏がきていても大体同じだ。

とても幸せな生活であるが、動画編集をしていると沼ってしまう。

時間があればあるほどこだわりたくなって、どんどんドツボにハマっていくということだ。

「ここはもっとこうやってカットを入れてシバの動きを可愛く見えるようにして」

〈彼女に食べさせたいカップ麺アレンジ〉

という企画であるが、動画はシバがそんなアレンジに奮闘する俺を眺めているという構図になっている。シバはアフレコに向かないので彼のコメントはテロップで。

俺はアフレコでレシピ部分だけ音を後入れしている。

あとの部分は生活音というか、見ていてほっこりするような料理の音が楽しめるように……。

っても、副菜のもやしサラダを作るくらいなので大した料理動画ではないんだけどな。

「やっぱここ、気に食わないなぁ。ちょっと息抜きでもするかな」

パンツ一丁だったが適当に転がっているスウェットとTシャツを着て財布を探す。

「英介、どっか行くの？」

「ん、コンビニまで散歩だ」

「散歩⁉」

「そ、ちょっと編集に行き詰まってな。アイスでも買おうかと」

「オレも行く」

シバが起き上がってプルプルと全身の毛を震わせた。尻尾も元気に丸く上がり、やる気満々だ。

「ん、お散歩するかぁ」

「こういうのもたまにはいいよな」

シバの首輪にリードをつけて、念の為にうんち用のバッグとペットボトルも持参する。

「シバ～、一応キラキラつけるぞ」

「ん～」

キラキラというのはシバの首輪につけるアクセサリーだ。ピカピカ光る仕様になっていて暗闇の中でも犬がいることが自動車や自転車からもわかるようにと開発された商品だ。ペットショップのお姉さんに勧められて買ったたっけ。

部屋の明かりを消し、シバを連れて玄関を出ると、廊下の奥から聞きなれた寝言が聞こえ俺はため息をついた。

「高橋さーん、外で寝ちゃダメですよ～」

「……」

高橋さんはぐっすりである。そういえば、俺たちとキャンプの後、日勤→夜勤→日勤という鬼シフトになるとか言っていたような……。

疲れとストレスを大量の酒でぶっ飛ばしたんだろう。今日はやけにひどい。声をかけても起きない。

しかたない、不法侵入にはなるが……ここに置いておくわけにもいかないし失礼するか。

「流石に失礼しますよ」

俺は高橋さんを抱き上げて、不用心にも鍵のかかっていない彼女の部屋のドアを開けて、そっと彼女をベッドの上に下ろした。それでも起きないので一応脈は確認したが大丈夫。だいぶ深酒をしたようだが……コンビニから戻ったら一応もう一度声をかけよう。

「シバ、お待たせ」

「おう、あの子大丈夫か？」

「今度あったら転職をお勧めするよ。ほんとさ」

深夜の風は少しだけ冷たくて、俺は歩く脚を速めた。シバはるんるんで歩いていたし、コンビニまでは歩いて10分ほど、少しだけ遠回りするか。

「シバ、ソフトクリーム食う？」

「ん～、アメリカンドッグがいい」

「了解、あったら買ってきてやるよ」

コンビニに着くと、俺はシバをポストに繋いで店内に入った。俺はバニラソフトクリーム、あとカップ焼きそばとおにぎり。ホットスナックコーナーのアメリカンドッグとフライドチキン。

「あざーす」

気の抜けた店員さんに会釈をして商品を受け取るとシバの元へと戻った。シバはヤンキーのお姉さんたちになでなでされていたが俺が来ると「ワンッ」と吠《ほ》える。

「あ、すんません」

「じゃね～、わんちゃん」

お姉さんたちは俺にそういうとコンビニの中へと入っていった。シバは愛嬌《あいきょう》を振りまくのがうまいなあ。全く。足立区《あだちく》のヤンキー姉ちゃんもメロメロにすんだから。

「さあ～シバ、行くぞ」

俺はアメリカンドッグをシバに食わせ、自分はソフトクリームを食いながら、いつもの散歩コースに入る。

足立区の川沿いを歩きながら夜の川の静かさとたまに通る暴走族のけたたましいエンジン音に安心する。

「ん？　消防車に救急車？　事故かな」

高橋さんたちERの人も大変だよなぁ……。人間はダンジョン以外でも怪我《けが》するし病気になるし死にもする。

「英介、オレ眠い」

シバが珍しく「拒否柴」をして動かなくなったので俺は彼をヨイショと抱き上げる。コンビニ袋にうんちバッグにシバ。手が塞がってしまった。

「しゃーなし、家まで抱っこだな」

そのまま家の方向に向かって歩いていると、なんだか少し明るくなっている気がして、時間をチェックしたいが如何《いかん》せん両手が塞がっているので見られない。

「ちょっと急ぐか」

足早に家に向かっていると、消防車の音が近くなる。それどこか、空がオレンジ色に染まっていた。

家に近づくに連れ、こんな深夜なのに人が増えザワザワと噂《うわさ》をしている。火事が起きているらしい。こんな深夜に？　迷惑な話だぜ。

と余裕をかましていたら俺は目の前の光景に絶句することになる。

「まじ……かよ？」

燃えているのはまぎれもなく俺が住んでいる古い木造アパートだった。

——は？

轟々《ごうごう》と音を立てて燃え盛る炎に包まれたボロアパートは火花を飛び散らし、まるで大きなキャンプファイヤーのようだ。しかし、化合物やプラスチック、鉄が焼ける悪臭が漂い、思わず口と鼻を手で押さえた。

「あぁ、岡本さん。無事だったんだねぇ。姿が見えないから心配してたんだよ」

と俺に声をかけてきたおじいさんはこのアパートの1階に住む大家さんだ。大家さんは俺とシバを交互に見て安心すると、

「これで全員かねぇ。高橋さんは夜勤だろうし」

と呟《つぶや》いた。

「すんません、シバを頼みます！」

高橋さんが外にいないということはまだ部屋の中だ……！　今夜はいつもよりも深酒をしていて、先ほど声をかけても動かしても起きなかったぐらいだ。

くそっ……俺がお節介して部屋の中に入れなければ……彼女は一番に救出されていたはずなのに
……！

消防隊はホースで消火に当たっていたが、アパートは古い木造のため火の勢いは全然収まっていなかった。

かといって、ダンジョン内の装備も部屋に置いてきてしまったから俺も生身で入ることは難しい……。いや、でも息を止めて炎を全部よければ……。

「すみません！　まだ中に人がいるんです！」

俺は一番偉い感じの消防士に声をかけると彼は顔面を蒼白《そうはく》にした。

「全戸確認しましたが……応答なしの部屋が２０３と２０４。あなたは？」

「俺は２０４の岡本です。２０３の高橋さんは泥酔して……部屋で寝ています。ついさっき俺がコンビニに出かける前に外で眠っていた彼女を部屋に……」

消防士たちは俺を輪から外すと何やらバッと話し込んで放水を強めた。しかし、アパートの階段付近も近寄れるほど炎は収まっていない。

それに、これだけ燃えてしまっていればドアを開けるのは難しいだろう。映画かなんかで「バックドラフト現象」というのを聞いたことがある。

俺なら余裕で避けられるが……バックドラフト現象で爆発が起きれば中にいる高橋さんにトドメを刺すことになるだろう。

「ベランダ……ベランダだ……！　高橋さんは基本鍵をかけてない！」

俺は咄嗟《とっさ》の判断でアパートの庭部分に入り込んだ。

「ちょっと！　お兄さん！　危ないです！」

消防士たちの制止を無視して俺は２０３号室のちょうど下までやってきた。

「確実な火元はわからないが、１０４あたりからの炎が激しい。俺たちも救助が難しいんです。さあ、後のことは任せて……」

「助けます。絶対に」

その時、目の前の１０４号室から大きな爆発音が聞こえた。何度も、何度も「パーン！」と何かが弾《はじ》けるような音、ガラスも粉々に砕け散る。

「お兄さん、危ないから。家の中にあるさまざまな可燃物が引火して……ここも危険です！　離れて！」

そうか、スプレー缶やバッテリーなどそういうものも爆発するんだろう。一刻を争うな……。

「救急車の手配を！」

そう叫んで俺は地面を強く蹴ると2階の高さまで飛び上がった。ベランダの窓は網戸にしていたのか溶けて開きっぱなしになってる。

玄関の方は火に包まれていて、焼け落ちた家具で塞がれてしまっているのが確認できた。

そのままベランダの柵に摑《つか》まるのは熱そうだったので手を使わずに体を捻《ひね》って高度を上げ、ベランダに着地し、勢いのまま部屋に突入した。

高橋さんの部屋の中はまるでオーブントースターのような熱さで息をしたら喉が焼かれてしまいそうなほどだ。

声を出さない方が良《い》いと判断し、ベッドに一直線に向かった。幸い、高橋さんには火の手が回っておらず彼女は眠ったままだった。ただ、それが眠っているのか一酸化炭素中毒で気を失っているのかはわからない。

ごうごうと燃える炎を避け、高橋さんを抱いてベランダから飛び出した。地面に着地すると、消防隊は俺を見て啞然《あぜん》としている。

それもそのはず、俺がジャンプをしてから彼女を救い出すまでほんの5秒程度。人によっては瞬間移動のように見えたかもしれない。幸い、庭の方は樹木があるせいで消防隊以外にこの行動は見られていないはずだ。

「救急車を！　脈と呼吸はありますが煙を吸っていると思われます。おい！　なにぼーっとしてんだ！　さっさとしてくれ！」

「は、はい！　救急隊！　負傷者発見！」

俺は高橋さんを抱き上げたまま人が集まっている街道の方へと出た。

「こちらです！　担架の上に！」

救急隊員に誘導されて俺はそっと彼女を担架の上に乗せた。その時、先ほどまでザワザワしていた野次馬たちからパチパチと拍手が起こった。

「お兄さん、あなたも怪我してるだろう、乗って」

と強引に救急車に乗せられて俺は病院へと向かった。

＊＊＊

「はい、問題ないです」

俺は念の為、病院に泊まり検査をされた後、警察官に聴取をされていた。

というのも、出火元である１０４は空室、中に可燃性のスプレー缶やオイルがあったことから今回の火事が「不審火」ということになっているらしい。

「しかも、岡本さんの部屋の前に大きな木材が置いてあったんですが何かご存知で？」

「いえ、部屋の前には何も……」

「そうですか。ご協力ありがとうございます」

俺の部屋のドアが開かないように細工がされていたとのことで俺は疑われていないようだった。ちなみにアパートは全焼。火災保険でなんとかなりそうだが、一時的に俺は家と家財道具の一式を失うことになった。

ちなみに、俺はあの後、音奏を電話で起こして大家さんに渡したシバを引き取ってもらった。危うく死ぬところだったぜ。

「スマホと財布はあるが……その他は全部」

そう、俺が社会人時代に築いた全てが文字通り灰になってしまったのだ。死ぬほど着古したスーツと革靴、就活の時から使っていた安いバッグ。まるで神様から「もう社会には戻ってくるな」と言われているようだ。

「はい、岡本さん。検査の結果、特に数値には問題ありませんでした。帰っていただいて大丈夫ですよ」

ナースのお姉さんが急ぎ足でやってきて俺に結果を伝えると「危なかったですね」と微笑《ほほえ》んだ。

「あの……高橋さ……高橋有紗さんは？」

「あまり他の患者さんのことは言えないのだけれど、面会できますよ」

ナースのお姉さんはくるっと俺に背を向ける。この人、どこかで見たことあるなぁと思ったらあれだ。

俺が盲腸で入院していた時、刃物おばさんに襲われかけていたナースの1人だ。

「岡本さんはヒーローですね」

「いえ、そんなことは」

「さ、こちらですよ」

喉の軽い火傷《やけど》と軽度の一酸化炭素中毒で昏睡《こんすい》状態だったが、なんとか意識は回復したらしい。

高橋さんはＥＲの病床にいて、腕と足の先が火傷で痛々しかった。

「高橋さん、意識が戻ったみたいで良かったです」

高橋さんはうんうんと首を縦に振る。

「あの……また音奏とお見舞いに来ます。今はゆっくり休んでください」

高橋さんは優しく口角を上げると再び目を閉じて眠ってしまった。ナースの人たちが後ろの方で

「ヒーローみたいね」とコソコソ話をしているのが聞こえた。

けど、俺が高橋さんをおせっかいで寝室に運ばなければ……いや、考えるのはやめよう。犯人が

俺の部屋の前まで来ていたと考えると……もっと危なかったのかもしれないし。

「また来ます」

俺はアパートに戻ると、焼け落ちた瓦礫《がれき》の中から装備品を拾った。さすがは俺の装備品。弓の弦《つる》すらも焼けてはいなかった。

「こらこら、何やってんだ。危ないぞって……あぁ君か」

消防隊員のお兄さんは夜通し作業していたようで、ひどい顔だ。

「君、有名な冒険者なんだってね。昨日は救助を手伝ってくれて感謝する。俺たちも日々の修業や

柔軟性が足りないと自覚させられたよ。本当は消火後の現場に人は入れちゃいけないんだけどね。目を瞑《つぶ》ってあげるから早く探しなさい」

「ありがとうございます」

俺は急いで装備品を手に取ると、火事の跡地を離れた。そんでもってなんとか無事だった車に少ない荷物を押し込んで、事務所へと向かう。

あぁ、どうして事務所かって？

「岡本くん……ごめん！　うちペット禁止なの！」

そう、音奏のマンションはペット禁止。しかも結構うるさい大家さんが目を光らせているらしい。だから、夜中に叩《たた》き起《お》こされた音奏はシバを連れてコンビニへ行きメシを買うと、今度は彼女が雪平さんを叩き起こして事務所を開けさせたらしい。

「この度はすみませんでした……ご迷惑おかけして」

音奏と雪平さんは事務所でシバをなでなでしてなんだか楽しそうだったが、俺は頭を下げる。

「岡本くん！」

飛びついてくる音奏を抱きしめて、それからもう一度雪平さんに頭を下げた。

「岡本くん。社会人はとにかく謝れって教わるけど、違うよ。君は何も悪くないんだから俺たちに謝らなくていい。むしろ、ありがとうって言われたいんだがな」

雪平さんはヘラヘラと笑って見せたが、俺は泣きそうなほど嬉しかった。そんなこと、大人に言ってもらえたのは初めてだったから。

「ありがとう……ございます」

雪平さんは恥ずかしそうに後頭部を掻《か》くと、

「ま、これもマネージャーの仕事なんでね」

と照れ隠しをして、すかさず音奏が、

「私も彼女の仕事をしただけだよ？」

と笑った。

「で、今日から俺……どうしましょう」

雪平さんは困ったように後頭部を掻きつつ「なんとかする」と俺の背中を叩くと、シバを抱き上げて俺によこす。

「シバ、大丈夫だったか」

「うん、コンビニ飯もうまかった」

「よかった。とりあえず、音奏、ありがとう」

「うん、いいけどこれからどうするの？」

どうしよう。それは俺も聞きたいくらいだ。

「とりあえず、車で寝泊まりしつつ家探すかな……。一応、火災で家がなくなった証明書はあるし
……」

「それなんだが……岡本くん。忘れちゃいないかい？」

「え？」

「案件」

「あっ……」

そうだ。編集中のデータが入ったＰＣも撮影機材も新作カップ麺も灰になってしまったんだった。

「スマホに録画データはあるんですが、編集中のデータはなくて……家を探してから一から編集ってなると時間が。結構な金額ですし、キャンセルって難しいですよね」

「いや、キャンセルはできるよ。不測の事態だしね。けど、一つだけ方法があるんだ」

＊＊＊

「わんちゃんだ～！」

「わんちゃんだ～！」

シバをぎゅうぎゅうと抱きしめる可愛らしいツインテールの少女たちはデザインはおそろいだが水色と薄紫色の色違いのワンピースを着ている。

「ふわふわだ～」

「もふもふだ～」

「こらこら、お兄ちゃんに挨拶は？」

雪平さんの家は都内郊外の住宅地に構える立派な一軒家だった。そして、双子の娘さんたちは雪平さんには似ていないとても可愛い子たちだ。

「こんにちは！　リナです」

「こんにちは！　ルナです！」

「娘の里奈《りな》と瑠奈《るな》だ。年齢は5歳」

「こんにちは、岡本です」

「こんにちは！　お兄ちゃん。ワンちゃんと遊んでもいい？」

「いいぞ。ワンちゃんに意地悪しないようにね」

「はーい！」

「はーい！」

シバは「わかってるぞ」とこちらにウインクをして子供たちと一緒に庭の方へと走っていった。デキる犬である。

「実は、2年前に家内が亡くなってね。僕も在宅を含めて仕事をしているがなかなか面倒見てやれなくて。家を探すのにワンちゃんを車の中に放置するわけにはいかないだろう？　二、三日うちを使うといい」

「あ～、一応アレはモンスターなんで、音奏も一緒にいてもいいっすか？」

「あぁ、頼むよ。きっと音奏もいる方が娘たちも喜ぶだろうし」

「すみません、何から何まで」

「また」

「あ、ありがとうございます」

「どういたしまして。じゃあ、僕は仕事に戻るから、岡本くんも編集、頑張ってくれよ」

そう。俺は家探しをする拠点と温かいシャワーを約束された代わりに、ここで新作カップ麺の案件の編集をやり直すことになったのである。

雪平さんの家のPCは結構良いスペックで編集のし心地がよさそうだ。それに、このゲーミングチェア……絶対俺も新居で買おう。

「岡本くん、擬似同棲《どうせい》家族生活だね」

音奏はニンマリしながら腕を組んでくる。庭ではシバと双子がきゃぴきゃぴと走り回っている。

まったく……人の気も知らないで。

「さ、俺は編集と家探しをするから音奏……シバを頼む。ほら、飯の件、万が一でも子供たちに被害が出ないように」

「了解っ！」

音奏が子供たちに「ワンちゃんのご飯を取ったらガブされちゃうぞ～」と可愛い脅しをし、子供たちが信じきったのを見届けてから俺は雪平さんのPCを起動した。スマホのメッセージに諸々《もろもろ》いただいたので編集ソフトを開き、スマホに残っている素材を元に編集を始める。

雪平さんの編集部屋はめちゃくちゃ落ち着くサイズの書斎で、集中して仕事ができるように作られていた。

俺はデスク脇の奥さんの写真に手を合わせて改めて思った。最愛の人を失ってまだ2年だというのに、シングルファザーとして双子を育てながら、俺たちの面倒も温かく見てくれる彼の偉大さを……。

「あぁ、雪平さんみたいな人が上司だったら俺もまだ働けてたのかなぁ」

しばらく編集に集中してみたがまったく腰も肩も痛くならない……。ゲーミングチェアの凄《すご》さに驚きつつも、目の疲れは流石に来たので一旦、ＰＣから目を逸《そ》らした。

そして、何気なく俺はスマホでツエッターを開いた。

ツエッター〈日本のトレンド〉

1位　岡本英介
2位　美女救出
3位　岡本さん
4位　ヒーロー
5位　ニュース
6位　ほぼ映画　救出　火の中

「はっ……？」

ツエッターをみてみると、あの時の野次馬の中の誰かが撮った動画が鬼拡散されていた。そこには煤《すす》だらけで高橋さんを横抱きにして担架の上に乗せる俺が映っていた。

またしても俺、意図せずバズってしまったのである。

「ご飯ですよ〜、ア・ナ・タ」

と書斎に入ってきた音奏に起こされて俺は自分がすっかり眠ってしまっていたことに気がついた。編集をなんとか終えて、ゲーミングチェアの心地よさに眠ってしまっていたのだ。

「ん……飯って作ったのか？」

「なに～？　不満ですかぁ？」

彼女は冗談っぽく頬を膨らませる。よく見ればエプロンをしている。似合う。

「いや、別に……」

「あ～、そうやって照れ隠しする～。めろちゃんの天才的晩御飯を食べなさいよ～」

「雪平さんは？」

「久々に飲みに行ってくれば？　って言ったら息抜きしてくるってさ。ふふふ、このくらいの恩は返さないとね？」

天才というよりも策士だなこりゃ。

「さ、お料理冷めちゃいますよ～」

食卓に並んだ煮込みハンバーグとサラダ。控えめに言って最高だ。双子も大喜びでいただきますの号令を今か今かと待ち侘《わ》びている。

一方で先に食事を済ませたシバは庭先で丸くなって眠っていた。

「いっただきまーす！」

「はい、どーぞ」

デミグラスソースたっぷりの煮込みハンバーグは家庭的で安心する味だった。そういえば、音奏はおばあちゃんっ子だったはずだ。こういうあったかい味、俺には作れないんだよなぁ。

「美味しいですか？」

「おいしー！」

「おいしー！」

双子のハモリ返事のあと俺は控えめに答える。

「うまいです」

「よかった～。たくさん食べてね！」

双子はたっぷり食べた後、それぞれお風呂に入って夜8時には2階の寝室へとあがっていった。

俺と音奏は雪平さんの帰りを待ちつつ、控えめな酒で乾杯をした。

「ねぇ、そういえば放火だったたって聞いたよ」

「あぁ、まぁ放火というか不審火って感じらしいが」

「ねぇ、その人大丈夫かな？」

「え？　死体はなかったはずだぞ」

「じゃなくて……ほらシバちゃんの呪い」

「あぁ……シバの飯を台無しにしたから死んでるんじゃないかって？　いや、それはないよ。正しくはシバの目の前に差し出された食べ物をダメにしたやつにかかるもんだからな」

「ドッグフードとかってこと？」

「違う。シバに明確に与えると意思表示した段階で条件が発動になるんだよ。たとえば餌の皿に入れたり、どうぞと言ってジャーキーを手渡したりな」

音奏は「そういうことか」と頷いた。

「そうじゃないと、シバのお気に入りのジャーキーやフードを廃番にした開発者が一網打尽になっちゃうしな。犬神の性質上、目の前に置かれた食いもんに執着するらしい」

俺の部屋の前に置かれた木材、下の部屋での不審火……明らかに俺を狙ったものだろう。こういう時くらい発動してもよかったのにな、なんて。

「そういえば、シバちゃん。双子ちゃんとすごく楽しそうに遊んでたよ。そりゃもう飛んだり跳ねたり」

「シバは子供が好きなんだよ。俺も小さい時世話になったし。気のいいやつだよ。ほんとにさ」

甘い酎ハイを飲み、スナック菓子を食べる。もし、音奏と結婚して子供ができたらこんなふうに子供が寝た後に晩酌をして、どうでもいいようなこと話して笑ってすごせるのだろうか。

「子供欲しいなぁ」

酔っているのか、冗談なのか、じーっと見つめてくる彼女にドギマギする。そういえば、結局色々あってキス止まりだったっけ。

「子供できたら冒険一緒にできないぞ」

「え～、でも確かにそうだよね……」

「それに、流石に音奏の親御さんにご挨拶もなしにいきなり子供できました。ってのは大人としてどうかと思うぜ。結婚を前提にお付き合いしているご報告くらいはしておかないと」

彼女の顔が曇った。おばあちゃんっ子ということはやっぱり両親に何か……？　いや、わかりやすく地雷踏んだ気がするぞ。

「ごめん、その」

「ううん、生きてるよ。2人とも。でも、2人は私になんか興味ないと思うし。いいの」

うわぁ……気まずいな。やっぱり、何か地雷があるんだな。

「あ〜、まぁ時が来たらさ。挨拶させてくれよ、それに俺の母親にも会わせたいし？」

俺の親の話題を出した途端、彼女は目を輝かせる。普通逆だろ、逆。

「いいの？　岡本くんのお母さんに？」

「ああ、喜ぶだろうよ」

「会いたい！」

「そのうちな」

もう一度、甘い酎ハイを飲んで彼女を見つめた。いつか、どっかに一軒家を建ててこうして平和な時間を過ごしたい。俺の親父はそんな夢をほんの少しの時間しか叶えられなかったけど……俺は絶対に叶えたい。

「よし、明日から部屋探し頑張るか」

「よっ！　その調子ですぞ〜彼氏さんっ」

＊＊＊

「あ～、冒険者で職業は配信者ですか……正直なところ審査はほとんど通らないと思った方が良いですね」

これで4件目の不動産屋だった。

お兄さんもお姉さんもおじさんもおばさんも、みんな申し訳なさそうに同じことを俺に告げたが……当然だろう。

冒険者は冒険者でない人間よりも「突然死ぬ」確率が高い。賃貸において、家主が突然死ぬと非常にやっかいなのだ。事故物件にはならないものの、親族がいない場合は大家が片付けや諸々をしなければならなかったりするから。

その上「配信者」というのも、審査が下りない大きなポイントである。不安定な収入、SNSや動画の撮影などで住所が特定されファンが集まるなどして他の住民に迷惑をかける可能性、そもそも配信者という人種に対する偏見。

ついでにうちはテイムモンスターOK、ペットOKでないとダメである。

「ですよね……、いやぁ火事で家がなくなってしまって……」

「ご事情はわかりますが……なかなか審査が厳しいんですよ」

ですよね……。定期的に金が入ってくるかどうかもわからない人間と賃貸借契約を結ぶのを嫌がるのは当然だ。

それに、最近は「迷惑系配信者」なんかも多い。オーナーの多くは年配の人たちだから偏見があるんだろう。

「ですよね。でも家がないと困るんで」

「はい、全力を尽くします。って……もう10連敗しちゃってますね。申し訳ないです」

お兄さんは申し訳なさそうに肩を下げた。

「お願いします」

「ちなみに家賃の前払いってどのくらい前でいけます？」

「契約年数分ならいけます」

金はある。

「ちなみに、建て売りの一戸建てもありますけどいかがです？」

これを機に持ち家を買ってしまうのも良いかと思ったが……、俺の中ではちょっとした不安がある。

それは例の放火だ。明らかに俺を狙った犯人はいまだに捕まっていない。そんな奴《やつ》が野放しな状態で一戸建てを買うのはなぁ。

それならセキュリティの良いマンションを借りてしまう方がコスパが良さそうだし。

「いや、収入も不安定ですし、まだそこまで貯金は」

「ちょっと待っててくださいね。たしか、事務所さん名義で借りられるところがあったような……」

「すんません」

不動産のお兄さんはコピーをしに事務室の方へと戻っていった。金さえあれば、部屋なんかすぐに見つかると思っていたが、社会では「信用」というのが大事だったことを思い出した。

非正規雇用よりも正社員、未婚よりも既婚。そうやって人は知らない人の信用を測っているのだ。

ちなみに真面目に働いている人からみると今の俺は「力が強くて有名な無職のおじさん」である。

「ちょっと予算を……かなりオーバーしますがここであれば可能かも」

お兄さんがぺろっと俺の前に置いた資料は都内高級タワーマンションだった。明らかに芸能人や有名配信者なんかが住んでいるような場所だ。いわゆる「信用」よりも「金」がものをいう場所。

「月130万……半年ごとの更新ですか」

鬼である。ちなみに更新料は家賃の1ヵ月分。

「ここでしたら、最初の半年分の前払いがあれば岡本様の条件を全てクリアできます」

前に住んでいたアパートの建て直しがおおよそ半年~1年と言っていた。その間までに放火犯を捕まえれば建て直した前のアパートに、あそこがダメなら一軒家を買うか……。

「内見、してもいいですか？」

「はい、あっ……岡本様。申し訳ございません。空いていた1室がたった今埋まってしまったようです」

PCを眺めながらお兄さんはがっくりと項垂《うなだ》れた。

そりゃそうだ。ここに来て既に1時間。お兄さんは何度も電話をかけ部屋を探してくれているんだから。

「あぁ……まじっすか」

「ちなみに、岡本様。先ほどのタワーマンションと似たようなお部屋を探すとしたらいくらまで出せます……？」

「月150まで……ならなんとか」

「もっかい、探してきます……！」

お兄さんはもう一度事務室の方へと入っていった。

しばらくしてお兄さんが戻ってくると、彼は緊張した面持ちで一枚の資料を見せてくれた。俺も緊張しつつ覗《のぞ》き込《こ》む。

「この物件でしたら、オーナーさんが寛容で予算は少しオーバーになりますが、いかがでしょうか？」

「テイムペットOK？」

「はい」

「頻繁に恋人が出入りしても？」

「もちろんです。恋人やご家族の長期滞在も申請等は要りません」

「決めます」

俺は、男らしく即断即決。目を輝かせるお兄さんに力強く頷き返して書類にサインをした。

＊＊＊

「で、月200万のタワマン申し込んだの？」

「あぁ……ほんと」

音奏もびっくり、雪平さんもびっくりだ。

「ってもさ、事務所としてもまだ案件のポートフォリオもないし、配信者としてまだ1年も経《た》ってないからね」

ウィスキーをロックであおりながら雪平さんが申し訳なさそうにいった。そりゃそうだ。もしも俺が不動産のオーナーなら「冒険者で配信者（最近始めた）」じゃあ流石に貸せないわ。

だが、高級マンションは金さえあればいいらしい。敷金《しききん》礼金で500万近く払うんだ。まぁ、冒険者だろうが配信者だろうがなんでもこいってことだろう。

4LDKの眺望最高の50階。風呂もトイレも綺麗《きれい》でなんとテイムモンスターも犬猫型ならOK。まぁその分敷金取られてるし。

「ただ、お部屋紹介や共用部分での撮影は動画も写真も禁止。うぅ厳しいぜ」

「まあ、でも一時的にってことでしょ？」

「あぁ、放火犯は多分俺を狙ってのことだろうし……そいつが捕まったらその……一軒家とかも考えようかなって」

「じゃあ、私と同棲？」

「その前に、親御さんに挨拶な」

音奏はむすっとする。地雷だとしてもなんだとしてもやっぱり20歳の娘さんと同棲なり結婚を前提にするなりなら挨拶はすべきだ。特に、俺は年上だし……冒険者でいつ死ぬかわからないんだし。

「いいよ、うちの両親は。おばあちゃんなら」

「僕はもう寝るよ」

雪平さんはさっと逃げるように寝室へと上がっていった。空気を読んでくれたらしい、ほんと引っ越しが済んだらちゃんとお礼をしないとな。

「おやすみなさい」

俺と音奏は雪平さんに挨拶をしてからしばらく沈黙の時間を過ごした。

「親御さんとなんかあったのか？」

カップルというのは対等であるべきだ。どっちかが強いとか弱いとか男とか女とかじゃなくて、大事なことは共有できる関係。

「あまり仲良しじゃないんだ」

「あぁ、なんとなく察してるよ」

「実はね、一人っ子ってのも嘘《うそ》なんだ」

「お、おぉ」

「引いた？」

「いいや、一人っ子って言ってたっけ？」

「あ～ひどーい」

と彼女は茶化したが目の奥は悲しそうなままだった。だから俺はテーブル越しに彼女の手を握った。

「で、なんで一人っ子だと嘘を?」

＊＊＊

伊波家は地元では有名なお家柄の良い家だそうだ。父方の祖父は開業医、父方の祖母は政治家の娘。音奏の父親は区議会議員を務めている。

音奏には医者の姉と政治家を目指すために帝大法学部に通っている弟がいるらしい。

「で、なんで音奏はおばあちゃんの家に?」

「私ね……小さい頃にお受験に失敗して勉強が苦手でね……。お母さんは、お姉ちゃんが有名中学に受かって弟のお受験が成功した段階で私を見捨てたんだ」

「でもその感じなら音奏のお母さんもお嬢さんだろ?」

「ううん、ママはね。その……」

音奏の母親はホステスだったそうだ。そのため、父親の家の人たちから「優秀な子は産めない」といびられ、過剰なまでの教育毒親になっていたようだった。だから、デキの悪かった音奏を貧乏な母親（音奏にとっては祖母）の下に預けて見ないようにしてたんだろう。

「ママはね、自分の出身やおばあちゃんが貧乏なことを恥ずかしがってたんだ。だから、音奏はいらない子だからそこに行けって……」

「ひでぇな……」

「でもさ～、実家にいるよりもおばあちゃん家《ち》にいるほうが楽だったんだ。おばあちゃんは優しかったしちゃんと私を育ててくれたし。だから、おばあちゃんには挨拶してほしいなぁ～、なんて」

なんか、胸糞《むなくそ》悪いな……。

「なぁ音奏。おばあちゃんに挨拶はさせてほしい。けど……俺はちゃんとご両親にも挨拶させてほしい」

「えぇ、でもあの人たち私のこと娘って思ってないよ？」

「思ってなくても、娘だ。それに、ちょっといい考えがあるんだ」

「なになに？　聞かせて」

「まぁ、俺の色々が落ち着いたらな」

そう、俺は音奏との未来を決めるなら絶対にこうすると決めていることが一つだけある。そんでもってちょっとだけ、音奏の両親を見返してやりたいとか思っている。

ま、実行するのはずいぶん先になりそうだ。

「さ、明日は家具家電探して……まぁタワマンはたくさん部屋あるし……頻繁に来てもいいぞ」

「うん！　たくさん買っていくね！」

「いや、流石に食料くらい自分で買うよ」

「ほら、この前たくさん買ったのに燃えちゃったじゃん……？」

音奏がぽっと顔を赤くした。

＊＊＊

「またワンちゃんに会える？」

「またワンちゃんに会える？」

双子のシンクロとはよく言ったもので本当によくハモる。リナちゃんとルナちゃんは寂しそうにもう一度シバを抱っこした。シバはクーンクーンと鼻を鳴らしている。

「あぁ、またシバと遊んでくれると嬉しいな。雪平さん、ありがとうございました。それから案件もなんとか納品できました」

「クライアントも納得の出来だったからまたすぐに案件を回すよ。こっちも娘たちの面倒を見てくれてありがとう。じゃあまた事務所でね」

雪平さんと双子に別れを告げて、俺と音奏はシバを車に乗っけた。これからタワマンに引っ越すってのにこんな安そうな車でちょっとだけ恥ずかしい。

「で、音奏さん？」

「なぁに？」

「なぁにって俺よりもなんで音奏の方が大荷物なんですかね⁇」

「決まってるじゃん！　同棲するからだよ」

「はい？」

「やっぱり一緒にいたいし。前のアパートみたいに出入りするのにも時間かかるし？　ね？　いいでしょ」

と言いつつ俺も不動産屋に「恋人が出入りするのでその旨も伝えてほしい」と言ったっけ。その辺「金を払えば自由にしていい」とのことだったが、念の為後で音奏のことを話しておこう。

「まさか、あのマンション引き払ったのか？」

「うん、家具家電も全部！　岡本くんがうだうだするから押しかけ女房しちゃうもんね～！」

ここのところ忘れていたが、この女……結構押しが強いギャルだった。そうだった。親に挨拶してからなんて俺の言い分を、「恋人」という立場の彼女が聞くはずがないだろう。俺としたことが……。

「あぁ、まぁ勢いも大事だよな！」

＊＊＊

「ここがオレの部屋!?」

と目を輝かせたのはシバだった。俺と音奏2人で住んだとしても部屋が余る……。というか寝室が一緒だから余る。

「そう。ここがシバの部屋だぞ」

冷暖房完備の10畳の部屋。シバのベッドやお気に入りのおもちゃ、それから暇つぶしのおやつまでしっかり揃えた。ちなみにシバが自分でも開けられるように彼の部屋は引き戸タイプにしてある。流石に賃貸だからドッグドアはつけられないしな。

「おぉ～、英介。オレずっとここがいい！」

「まぁ、考えておくよ」

「ちぇっ～」

お犬様にお詫《わ》びをして、俺は部屋の中を見回した。配信者になってから半年もたってないのに……。

本当にいろんなことがあったなぁ。

一時的とはいえ、こんなにいい場所に住めるなんて。パワハラで鬱々としていた日々が嘘のようだ。

「ねぇねぇ～、家賃、私はいくら払えばいい？　半分？」

「え……？」

「だって、同棲するんだし。半々っしょ？　こういうのはフツー」

「まぁ、そうだけど俺の都合で引っ越したんだし？」

「私の都合で勝手に押しかけたんだし？」

音奏がここぞとばかりに抱きついてくる。

「ちょ……まだカーテンつけてないから」

「50階だよ？　見えっこないよ……」

抵抗せずに数秒だけ受け入れて、そっと離す。

「さ、片づけしますよ。音奏さん」

「え〜、もうちょっといいじゃん」

「夜になってあれがないこれがないになるぞ」

「ベッドはあるもん」

「わがまま言わずにやるぞ〜」

「で、家賃は？」

「一旦、俺が払うよ。その後のことは相談する。ほら、もっといい場所が見つかったり、その……」

一軒家を建てたいだなんてここで言ったら流石にキモいかな？　重い男だと思われるだろうか？

「一軒家とかも視野に入れようかなって」

言ってしまった。ついつい言ってしまった。

「一軒家……めっちゃいいじゃんっ！　ねぇ、一緒に頑張ろうよ。お金貯《た》めて〜、結婚に向けて？ふふふ、私の衣装部屋とかちょーかわいい化粧室とか！　やったね〜！」

すごく軽いトーンで彼女は俺を受け入れてケラケラと笑ってみせた。そうだそうだ、音奏は最初っからこういうやつだったな。

「さ、片づけするぞ〜」

「は〜い」

ガスの立ち会いに大型家具の搬入、それからシバの飯を含めた食料品の買い出し、気がつけばもう夜遅くになっていた。

「英介、おやすみ〜」

「おう、おやすみ」

シバはいつもと同じ飯を食って満足げに自分の部屋へと戻っていった。そうか、前みたいにシバが寝ているところを拝めないのか……それは残念。今日はコンビニの弁当とカップ麺で済ませたが……なんか食べる場所が違うとこう高級に見えてくるもんだ。

「岡本くーん！」

と廊下の奥から俺を呼ぶ声がする。というのも彼女は今、風呂に入っている。なんでも「女の子は毎日1時間お風呂に入るの！」とのことらしいからな。

「どうした〜？」

「バスタオル！　取って！」

「脱衣所に置いてなかった？」

「違うの、私のふわふわタオルが荷物に入れっぱなしで……お肌に優しいやつ！」

なるほど、バスタオルにも音奏はこだわっているんだな。そういえば、顔はタオルで拭かずに専用の使い捨てペーパーがあるとか言われてさっき衝撃を受けたわ。女の子って俺が思っている以上に大変らしい。

「ちょいまち」

俺は音奏のどでかいバッグから薄ピンク色のふわふわタオルを見つけてバスルームへ向かった。

「入るぞ～」

「うん」

ホテルのような洗面台が2個ある洗面所を抜けて脱衣所に入ると、これまた大きなドラム式洗濯機（新品）と脱衣するには広すぎる空間がある。

その先の風呂の扉は透け透けだが、曇っていて中は見えない。

「ここに置いていくぞ」

「うん、ありがと」

俺はさっさとリビングに戻るとソファーに身を沈めてスマホを眺める。目の前の眺望はとても美しい夜景だった。東京タワーにキラキラと輝くビル、首都高は渋滞していて赤いランプがいっぱいだ。

音奏の言う通り、この高さならあまり近所の目は気にしなくてよさそうだ。立地がいいからすぐ隣にオフィスビルがあったりしないし、タワマンが並んで立っているわけでもない。

「綺麗だなぁ……」

「綺麗だねぇ～」

後ろから声をかけられて振り返ると、そこにはバスタオル一枚で、髪にはもう一枚のタオルを巻き、ビールを持った俺の彼女が立っていた。

あまりにも刺激的すぎる姿に俺は固まってしまう。

「飲む？」

「あ〜、はい、飲みます」

「なんで敬語？　ってか、顔赤くなりすぎじゃん？」

「いや、その……女性のバスタオル一枚とか見るの初めてなので」

「私だって見せるの初めてだもん！」

と照れ隠しなのか音奏は冷たいビールを俺の首筋にガッと当てた。

「つめてぇっ、死ぬっ」

ビールを受け取って、俺も照れ隠しをするように一気に飲んだ。タワマンで飲むビール。うめぇ……。

「いつまでそのカッコでいるんだよ」

「そりゃ……寝るまで？」

「風邪ひくぞ」

「だってさ、付き合ってるのにずっとお預け食らってたんだし……、その私もそういうムード？とか出さないととか思っちゃったりして☆」

うん、多分失敗だぞ。

男・岡本英介。覚悟を決める時が来たらしい……女の子にここまで言わせちゃ流石にだめ……だよな？

だが、心に決めていることがある。どんなに望まれても絶対に「避妊」はするんだ……！　負け

ちゃダメだ！

「いいっすか」

「私……その初めてなんだけど……いいかな？　岡本くん」

といいムードになりかけた時、どうしても気になって俺は意図せず言葉を発してしまった。

「そういえば、いつまで俺のこと苗字《みょうじ》で呼ぶつもり？」

「あっ、そういえば……クセで」

「一応、恋人なんだし……同棲するってことは結婚とかも考えてるわけだし。そろそろ俺も上の名前以外で呼ばれたいな」

音奏は少し考え込むと、

「何がいいかなぁ」

とまさかのこちらにバトンを渡してきた。ギャルな彼女のことだから「えいぴ～」みたいな変なあだ名でもつけてくるかと思いきや……。

「おまかせする」

「じゃあ……やっぱりそのシてから考えてもいい……？」

「えっ」

そのまま口づけを拒むこともできず、俺たちはベッドに向かった。

＊＊＊

「おはよーございます、音奏さーん」

先に目覚めた俺は、可愛い彼女の分と自分のパンを焼いて、目玉焼きなんかも作っちゃったが……。寝室から返答はない。

「ケケケッ、英介ってほんとダメだよなぁ」

シバは空になった皿を前足で蹴って鳴らす。おかわりですか、そうですか。

「ちゃんと相棒の分も焼いてますよ」

「よーく冷ましてな」

「はいはい」

カリカリに目玉焼きのせ。ご安心を、シバは犬神なので人間の食い物やしょっぱいもん食っても体は壊さないもんで。

シバが2杯目を食い始めてから俺は寝室へと戻った。床には昨日、音奏が羽織っていたバスタオルが丸まっている。そっか、そのまま寝たんだった。えっと……流石に彼女のクローゼットを漁《あさ》るのは気がひけるので俺のTシャツでいいか。

黒Tを引っ張り出して、それからシーツにくるまっている彼女に声をかける。

「音奏、朝ごはんできてるぞ」

「うぅ……」

「おはよう」

「おはよ……」

「服、着ないと風邪ひくぞ」

「動けない」

「え？　熱か？」

「ばかっ……腰いたい……うぅ」

これだから素人童貞は！　と言われそうな俺はやっと彼女の状況に察しがついてそっと寄り添った。

「えっと、何か欲しいものは？」

「ピンクの下着……フリフリのセットのやつね。それと英介くんの匂いがするTシャツ」

あぁ、なんて可愛いんだこの生き物は……。俺は可愛い生き物と暮らす運命だったのか⁉

「了解、ご飯は？　食えそう？」

「食べる……」

「じゃ、ちょっと待ってて。クローゼット、勝手に開けるぞ」

「うん」

音奏の部屋……というか彼女の荷物が置いてある部屋には大きなウォークインクローゼットがある。多分、10畳くらいの。前の部屋より広い。下着……下着。

クローゼットの中の下着が入ってそうなボックスを開けると……、中には可愛らしいピンクのフリフリや白いレース、真っ赤で刺激的なものなど「こんなに必要ないだろ」というほど下着が詰まっていた。

「これで、昨日まで未経験だったとか……」

黒いTバックを摘まんで、罪悪感にかられたのでそっとしまった。

「さてさて、ご希望はピンクでフリフリ、これかな」

どれもこれもピンクでフリフリだがなんとかセットものを見つけて寝室へと戻った。音奏はシーツにくるまったまま上半身を起こしスマホをいじっていた。

「お待たせしました」

「ありがと……」

俺は背中を向け、彼女が着替え終わるのを待つ。シーツと肌が擦れる音がちょっとリアルで……彼女がゆっくりと着替えていることがわかった。無理させたか……？　いや、誘ってきたのはあっちで、いや、俺の責任か。

「立てる？」

振り向いてみると俺の黒Tを着た彼女がベッドに座っていた。つるつるの生足、目に毒だ。

「立てないのでソファーまで運んで欲しいです」

「はいはい」

よいしょっと彼女を抱き上げて寝室を出る。可愛い柴犬にからかわれつつ、広いリビングを横切って、これまた馬鹿でかいカウチに彼女を下ろした。

「ありがと」

「お水？　ミルク？　お茶？」

「あったかいお茶がいいなぁ」

「了解」

ダイニングテーブルに展開していた食事をソファーの前のローテーブルに運び直して、あったかいお茶まで作る。可愛いすっぴんのギャル様は一足先に目玉焼きにマヨとしょうゆをかけていた。

「いただきます」

「どうぞ」

「あのさ、目玉焼きのしょうゆマヨってうまいの？」

目玉焼きは結構万能だからなんでも合う。俺はケチャップとマヨを混ぜたソースをかけたり、たまにシーザーサラダドレッシングをかけたりもする。

「マヨしょー美味しいよ？　こってりだけどさっぱりって感じ」

「太りそうだけどな」

「ギクッ」

ほっぺたについたマヨを気まずそうに拭うと音奏は照れ笑いをした。

「パン、おかわりいる？」

「目玉焼きもおかわりしていい？」

「はいはい、お昼ご飯は頼んだぞ～」

「りょ～」

空になった皿を2枚持ってキッチンに向かいながら、俺は幸せすぎてニヤニヤするのが止まらなかった。

あとがき

初めましての方は初めまして。お久しぶりの方はお久しぶりです。小狐ミナトです。

この度は本作をお手にとっていただき誠にありがとうございます。

楽しいキャンプに美味しいご飯、モフモフ。明るくて可愛いヒロインの音奏《めろでぃ》と過ごすひとときはいかがでしたか？

本作はダンジョン・飯テロ・モフモフ・可愛いギャル……と作者の「好き」を詰め合わせた作品です。ウェブ連載中から書いていてとても楽しかったことを今でもよく覚えています。

そんな中、編集者様にお声がけいただき、書籍にすることができました。

疲れた時に何度でも読みたくなる、癒《いや》されたくなる。そんな作品として厳しい社会を生きる皆様に寄り添えていたら嬉しいです。


イラストを担当してくださったｎｉｍａ先生、編集のＮ様。そして本作の刊行に携わってくださった皆様、誠にありがとうございました！

最後に本作をお手にとってくださった読者の皆様、ウェブ時代から応援してくださっている皆様、本当にありがとうございます。引き続き本作を応援していただけますと幸いです。

小狐ミナト

Kラノベブックス

ダンジョンキャンパーの俺《おれ》、ギャル配信者《はいしんしゃ》を助《たす》けたらバズった上《うえ》に毎日《まいにち》ギャルが飯《めし》を食《く》いにくる

小狐《こぎつね》ミナト

2024年9月30日第1刷発行

発行者　安永尚人
発行所　株式会社 講談社
〒112-8001　東京都文京区音羽2-12-21
電　話　出版　(03)5395-3715
販売　(03)5395-3608
業務　(03)5395-3603
デザイン　AFTERGLOW
本文データ制作　講談社デジタル製作
印刷所　株式会社ＫＰＳプロダクツ
製本所　株式会社フォーネット社

KODANSHA

ISBN978-4-06-536503-8　N.D.C.913　306p　19cm
定価はカバーに表示してあります

ファンレター、作品のご感想をお待ちしています。

あて先　〒112-8001　東京都文京区音羽2-12-21
(株) 講談社　ライトノベル出版部 気付
「小狐ミナト先生」係
「nima先生」係

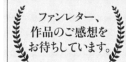